「……泣かな
不意に問われ
傾げた。
「え？」
「シュミット伯爵から、君は泣き虫だと聞いていた。
だから心配だと」

A happy marriage for the
crybaby lady.

泣き虫令嬢の良縁

婚約破棄されたので
職業婦人として生きていくと決めたのに
公爵様に溺愛されるので困っています

鈴木 桜

[ill]
Shabon

CONTENTS

CHARACTER

ティアナ・シュミット（十八歳）

伯爵家の令嬢。
婚約者に「子供が産めない」
ことを理由に婚約破棄され、
職業婦人として生きていくことを決意する。
お人好しで泣き虫だが、
責任感が強く愛情深い性格。

レオンハルト・ユーベルヴェーグ（二十六歳）

氷のような冷たい美貌の若き公爵家当主。
『婚姻統制法』により結婚した
元妻との間に双子をもうけている。
子供たちに無関心なように見えるが――。

ジークハルト＆アルノルト（五歳）

レオンハルトの双子の息子たち。
歴代の家庭教師が
長続きしない
問題児だというが……？

ダニエル・ペルシュマン（二十歳）

ティアナの元婚約者。
「子供が産めない」ことを理由に
一方的に婚約破棄を告げる。

カタリーナ（十八歳）

ダニエルの恋人。
ダニエルの元婚約者である
ティアナを目の敵にしている。

※本作品の内容はすべてフィクションです。
実在の人物・団体・事件などには一切関係ありません。

プロローグ

アイスブルーの瞳《ひとみ》が、ティアナを見つめる。

レオンハルト・ユーベルヴェーグ公爵《こうしゃく》は、プラチナブロンドの髪と青い瞳を持つ美丈夫《びじょうふ》だ。

ただし、世間では『まるで氷のような男』と揶揄《やゆ》されるほど、冷たい印象の人物として知られている。

その男が、今はたった一人の女性を見つめて愛を請《こ》うている。

「困ります」

握《にぎ》られた手を軽く振りほどいて、ティアナはその視線から逃《のが》れるように顔を伏《ふ》せた。

「なぜだ」

問いかける声は愛を請うているとは思えないほどいつも通りで、ティアナはそれが無性に悔《くや》しくて唇《くちびる》を噛《か》んだ。

「私は公爵家の家庭教師ですから」

公爵が再び手を握ろうとしたのを、ティアナはソファから立ち上がることで避《さ》ける。隣《とな》り合《あ》って座っていた彼女の動きを、公爵の視線が追いかけるのに気づいてはいたが気づかないふりをした。

二人は庭園に面したバルコニーに置かれたソファに座っていた。といっても、はじめから二人でいたわけではない。教え子である子どもたちが庭園で遊ぶ姿を見守っていたティアナのもとに公爵がやってきて、彼女の許可も得ずにそこに座ったのだ。

「世間体《せけんてい》なら気にする必要はない」

「そういう問題ではありません」

「では、どういう問題だ」

そっぽを向いたティアナの背後でソファがギシリと音を立てた。公爵が立ち上がったのだと分かったが、振り返ることはできない。

「私は、子どもを産むことができませんから」

ティアナの一言に、公爵の足が止まる。

「だから、働いているのです」

子どもを産めない女には価値がない。それが、この国の常識だ。

世界は人類滅亡《じんるいめつぼう》の危機にさらされている。

魔物《まもの》と瘴気《しょうき》によって大地は汚染《おせん》され、人が住める土地は年々減り続けている。文明は大幅に後退し、人々はわずかに残された旧時代の技術に頼《たよ》りながら、猫の額《ひたい》ほどの土地を取り合って戦いに明け暮れ、また人が減るということを繰《く》り返《かえ》してきた。現在では人間同士の戦争は休戦状態となっているが、だからといって状況《じょうきょう》がよくなっているわけではない。今も人類は少しずつその数を減らしながら、滅《ほろ》びの時に向かっている。

そんな中で人類にできる抵抗はただ一つ。子どもを産み続けることだけ。

約二百年前、この国では出生率維持《しゅっせいりついじ》のために『婚姻統制法《こんいんとうせいほう》』が制定された。婚姻と子作りを健康な男女の義務とし、成人年齢――男性は二十歳、女性は十八歳になると、国が決めた相手と結婚することが定められた。

同時に子どもを産むことができない女性には労働の義務が課《か》せられた。子どもを産めない女性たちは『生産性のない女は社会のお荷物。子どもが産めないなら、せめて働け』と、世間から出来損ないと謗《そし》られ、社会の最底辺と蔑《さげす》まれている。

庭園の向こうから子どもたちの笑い声が聞こえて顔を上げると、五歳になったばかりの双子の男の子が虫かごを掲《かか》げて大きく手を振っているのが見えた。どうやら狙《ねら》っていた獲物《えもの》を捕《つか》まえることができたらしい。

自分の持つ知識と教養を伝え、彼らの健《すこ》やかな成長を見守ることが自分の使命。ティアナは、そう決めたのだ。

「私は職業婦人として生きていくことを決めたのです。邪魔《じゃま》をするのは、どうかおやめください」

第一章 泣き虫令嬢の決意

「君との婚約は破棄《はき》させてもらう」

その一言にティアナは榛色《はしばみいろ》の目を見開いた。同時に頭の中が真っ白になる。

——もしかして、という予感はあった。だが、まさか、本当に婚約破棄を告げられるとは思ってもいなかった。そんなことは起こらないと、信じていたかった。

ティアナ・シュミットとダニエル・ペルシュマンは、ティアナが八歳の時に婚約を交わした。

幼い頃《ころ》は頻繁《ひんぱん》に手紙を交わし、週に一度は互《たが》いの屋敷《やしき》を行き来した。一緒に庭を駆《か》けまわったり、好きな本を持ち寄って読書会をしたり、大人に悪戯《いたずら》を仕掛《しか》けたこともあった。幼馴染《おさななじ》みの友人のような関係だったが、時間がたつほどに二人の距離《きょり》は縮まっていった。

思春期に入る頃には、ティアナは自分がダニエルに向ける気持ちが『恋』だと自覚した。彼の穏《おだ》やかな話し方やキラキラと光を反射する金の髪、自分を見つめて柔《やわ》らかく細められる翠《みどり》の瞳《ひとみ》。それら全てが、輝いて見えた。毎日のように彼のことを考え、毎日のように彼の花嫁になった自分を想像しては期待に胸を膨《ふく》らませたのだ。

ところが、そんな日々に暗雲《あんうん》が立ち込めた。ダニエルは少年から青年へと成長する頃から、ティアナから距離を置くようになったのだ。次第に手紙の返事は来なくなり、互いの屋敷を訪れることも減っていった。この一年にいたっては、ダニエルは婚約者としての最低限の義務を果《は》たすだけで、それ以外にはティアナと顔を合わせようともしなかった。その真意を問いただせないまま時間は過ぎ、嫌な噂《うわさ》ばかりがティアナの耳に入ってきた。どうやら、彼は別の女性と親しくしているらしい、と。

それでも、ティアナは信じていた。ダニエルが自分ではない別の誰かを見ていても、彼と結婚するのは自分だ。たとえ義務でしかない結婚だとしても、いつか愛し合える日が来るはずだと。

「理由は……言わなくても分かっているだろう？」

その問いかけに、ティアナの心臓がドクンと音を立てた。喉《のど》が奥の方からカラカラと乾《かわ》いていく。

「わ、私が、子どもを産めないからですか……？」

ティアナが震《ふる》える声で言うと、ダニエルは黙《だま》ったまま頷《うなず》いた。そのまま彼の透《す》き通《とお》るような翠の瞳が逸《そ》らされる。

彼女がそれを知ったのは、つい三日前のことだ。

十八歳を迎《むか》えていよいよ結婚という時期がきたため、検査を受けたのだ。すべての女性は

『婚姻統制法《こんいんとうせいほう》』に則《のっと》って、結婚する前に妊娠可能《にんしんかのう》な身体《からだ》であるかどうかを調べるための検査を受けることが義務付けられている。

その結果、ティアナは不妊であることを医師に告げられた。

非情な宣告に絶望して、三日三晩泣き明かした。そうして迎えたのが、今日だったのだ。

「そう、ですか」

ティアナの真っ青になった唇《くちびる》からは、かすれた空気のような声だけが漏《も》れた。思わず俯《うつむ》くと、このティータイムのために時間をかけて巻いた栗色《くりいろ》の髪が揺《ゆ》れる。

今日は久しぶりにダニエルと二人きりで会えるから、朝から張り切って支度《したく》した。春に合う、一番お気に入りのグリーンのリボンが可愛らしいデイドレスを選んだ。結い上げた髪には、ずっと前の誕生日に彼が贈《おく》ってくれた金の花を象《かたど》ったかんざし。ティータイムの場所に選んだ庭園の中央のガゼボには、庭師に頼《たの》んで最も美しく咲いた薔薇《ばら》を植え替えてもらった。茶器も茶葉も、ティアナ自《みずか》らダニエルが好むものばかりを選んだ。

三日三晩泣きながら、それでも今日のために準備したのだ。

(ダニエル様なら、慰《なぐさ》めてくれると……。そう、思っていたのに)

ここ数年の彼の様子に不安を覚えなかったと言えば嘘《うそ》になる。それでも彼なら受け入れてくれると、『子どもなら養子を迎えれば済む話だよ』と優しく言ってくれるはずだと、期待してしまった。

貴族の家では子どもが生まれない場合、親族から養子を迎えることは珍《めずら》しくない。自分の子どもを産めないのは残念だが、不妊であることを正直に話すつもりでティアナは今日のティータイムに臨《のぞ》んだのだ。

ところが、ダニエルは既《すで》に彼女の検査の結果を知っていて、最初から彼女に婚約破棄を告げるつもりでこの場に来たようだ。湯気《ゆげ》の立っていた紅茶はすっかり冷めてしまい、お茶菓子には手も付けられていない。席に座ってからというもの、彼は気まずそうに視線を揺らすばかりだった。

「……それじゃあ」

おもむろに、ダニエルが立ち上がった。

「え」

思わず声を上げたティアナに、ダニエルは視線を向けることさえしなかった。

「君を支えられず、すまないとは思っている。だが、君とは結婚できない。正式な婚約破棄の申し入れは後日送らせてもらうよ」

とうとうダニエルは一度も振《ふ》り返《かえ》ることなく、庭の向こうに消えていった。

ティアナにできることは、その背が小さくなっていくのを榛色の瞳を揺らしながら見つめることだけだった。

今日は特別で幸せな日になるはずだった。

薔薇の咲《さ》き誇《ほこ》る庭でティータイムを楽しんだ後は、仕立て屋から届いたばかりの花嫁衣装を一緒に見て、それに合わせるアクセサリーを選んでもらう……。今日を境に、ダニエルは変わってくれるとティアナは信じていた。両親のような愛し愛されるような関係でなくとも、伴侶《はんりょ》として自分を尊重してくれるようになる、と。

それなのに。

呆然《ぼうぜん》としたまましばらく座り込んでいたティアナだったが、そっと肩《かた》を叩《たた》かれてようやく我に返った。両親であるシュミット伯爵《はくしゃく》夫妻《ふさい》が、今にも泣き出しそうな表情でティアナを見つめていた。どうやら、二人の会話を全て聞いていたらしい。ティアナのことが心配で、庭のどこかで聞き耳を立てていたのだろう。

その顔を見た途端《とたん》、ティアナの心の中で張《は》り詰《つ》めていた糸がパチンと音を立てて切れた。

「お、お父様！　お母様！」

「ティアナ……！」

ティアナは父の胸に顔を埋《うず》めて、わんわんと声を上げて泣いたのだった。


「やはり、ダメか……」

手紙を読み終えたティアナの父が、力を失くしてソファに深く座り込んだ。その向かいに座っていたティアナと母も、がっくりと肩を落とす。

ダニエルに婚約破棄を告げられてから数週間。父は新たな縁談《えんだん》をまとめるために社交界を駆けずり回った。しかし、色よい返事が返ってくることは一度もなかった。

「お父様、もう諦《あきら》めましょう」

「しかし……！」

「結婚は、もう、いいです……」

ティアナが力なく言うと、隣《となり》に座っていた母がわっと声を上げてハンカチに顔を埋めた。

「しかし、ティアナ。結婚しないということがどういうことか、分かっているのか？」

「……はい」

ティアナは、こくりと頷いた。自分の置かれた状況《じょうきょう》はよく分かっている。

『婚姻統制法』により、全ての健康な男女は国が定めた相手と結婚することが義務付けられていて、不妊の女性には結婚する権利自体がない。ただし、貴族だけは家同士が決めた相手となら結婚することが許されていた。つまり、貴族の令嬢《れいじょう》だけは不妊であっても結婚することができる。貴族の夫人としての務めは労働と同義であると考えられているからだ。

ところが、ティアナはダニエルに婚約を破棄されてしまった。新たな結婚相手が見つからなければ、庶民《しょみん》と同じように『婚姻統制法』に従って労働の義務を負わなければならない。

「いや、だめだ」

父が渋《しぶ》い表情で首を横に振る。

「どうにか相手を見つけよう。私が頭を下げて回ったっていいんだ。ああ、そうだ。つい最近、夫人を病気で亡くされた彼は……」

ティアナは父の言葉を遮《さえぎ》るように首を横に振った。

「そんなこと、なさらないでください」

「ティアナ……」

「結婚はしません。こんな惨《みじ》めな思いをするのは、もう、いやです……」

ティアナはぎゅっと自分の肩を抱きしめた。義務だとしても、そこに愛情がなくても、結婚すればいつかは幸せになれると信じていた。義務で結ばれた二人だとしても、長い時間を一緒に生きていればいつかは幸せな家庭が築《きず》けると思っていた。彼女の両親のように。だが、結婚したいと願った人には拒絶《きょぜつ》され、今のティアナと結婚を望んでくれる人は誰もいない。

(私は、誰にも望まれていない……)

そんな自分が、ただ労働の義務を逃れるためだけに、父に頭を下げさせてまで結婚する意味があるのだろうか。それは、あまりにも惨めだ。

ティアナは結婚が幸せな未来につながるとは、どうしても思えなくなっていた。

「結婚はもういいです。……私は、働きます」

父と母は息を飲んだ。それは、この国の貴婦人にとってあまりにも不名誉《ふめいよ》なこと。社会の底辺として蔑《さげす》まれながら生きる運命を受け入れるということだ。

「いや、無理をする必要はない。結婚が嫌なら、ずっとここで暮らせばいい。……そうだ。重い病にかかっていることにしよう。療養中《りょうようちゅう》であれば、両親のもとで暮らしても構わんだろう」

父が身を乗り出して言い募《つの》った。だが、これにもティアナは首を横に振る。

「いけません。私が不妊ゆえに婚約破棄されたことを、すでに社交界の多くの人が知っています。お父様の外聞《がいぶん》が悪くなるだけですわ」

父はそれでも何かを言おうと口を開いたが、結局は何も言えずに口をつぐんだ。ティアナの言う通り、国が定めた義務を果たさないということは、貴族の中でも由緒《ゆいしょ》ある家柄《いえがら》であるシュミット伯爵家にとって許されることではない。本家に連なる多くの親族にも迷惑をかけることになる。

「こんな検査ひとつで、人生が決まるなんて……」

母がくしゃりと握《にぎ》りしめたのは、ティアナの検査結果が記された通知書だ。『妊娠する可能性は極めて低い』という診断結果に、医師の署名が添《そ》えられている。

「こんな検査だなんて、滅多《めった》なことを言うものじゃない。……信頼《しんらい》できる検査だ」

言葉ではそう言いながらも、父も眉《まゆ》をひそめて通知書を睨《にら》みつけた。

この検査には旧文明の技術が使われている。女性が一滴《いってき》の血液を検査紙に垂らすだけで、不妊かどうかが分かってしまうのだ。確かに、そんなことで人生が決められてしまうことにはやるせない気持ちがわいてくる。しかし、父の言う通りこの検査は信頼できる。実際、この検査で不妊の診断を受けた女性が妊娠したという例はほとんどないのだから。

「それに、おかしいじゃありませんか！」

また、母が声を上げた。

「何故《なぜ》、一部の人間にしか知らされないはずのティアナの検査結果が、社交界で噂になっているのです？」

その点についてはティアナも気にはなっていた。貴族令嬢が不妊の診断を受けることは、ないわけではない。だが、そのほとんどは不妊だと周囲に知られることなく、婚約者とそのまま結婚する。後になって親族から養子を迎えた頃に、『もしかして……？』と噂になることもあるが、それほど騒《さわ》がれるようなこともない。結果として子どもを育てているし、貴族の夫人としての役目を果たしているから問題視されないのだ。

だが、ティアナの場合は違う。結婚を前にして不妊であるという噂が広まってしまったため、ダニエルは婚約破棄せざるを得なかった、と世間は受け止めた。

「きっと、ダニエル様が噂を広めたんです！」

母がポロポロと涙をこぼしながらティアナの肩をぎゅうっと抱《だ》き締《し》めた。彼女はこの件でティアナ以上に憤《いきどお》りを感じているのだ。

「ティアナと婚約している頃からあの女と通じていたのですから……！」

母の言う『あの女』とは、ダニエルの新しい婚約者、カタリーナのことだ。

カタリーナは艶《つや》やかな黒髪と黒曜石《こくようせき》のような瞳を持つ美女で、社交界でも注目を集めている。そして、一年ほど前から、ダニエルと親しくしている女性だ。

二人の仲は社交界でも噂の的だった。だが、それが原因でティアナとダニエルの婚約が破談になるとは誰も思っていなかっただろう。なぜなら、彼女の実家は相当羽振《はぶ》りがいいとはいえ、男爵家《だんしゃくけ》でしかない。しかも元は商人で、彼女の父親が金で爵位《しゃくい》を買ったのだ。ダニエルとは家格の差がありすぎるので、彼女はただの浮気相手に過ぎないと周囲には認識されていた。

噂を知ってからもティアナは淑女《しゅくじょ》らしく、婚約者の浮気など見て見ぬふりをするためにカタリーナとは同席しないように気を付けていた。だが、一度だけダニエルにエスコートされた舞踏会《ぶとうかい》でカタリーナに会ってしまったことがある。

ティアナが隣にいるというのに、カタリーナは彼女に挨拶《あいさつ》もせずにダニエルとばかり話した。そして、ダニエルはティアナと踊《おど》り終わった後でカタリーナを誘《さそ》った。パートナー以外の女性と踊ることは、舞踏会のマナーとしては何らおかしなことではない。だが、ティアナは二人が踊っている姿を見ていられなくて、その日は体調不良を理由に一人で先に帰ってしまった。結局その後の様子は、知りたくもないのに噂としてティアナの耳に届いてしまったが。

カタリーナは勝ち誇った表情でダニエルの隣に立っていた、と。

「お母様、落ち着いてください」

この場で一番冷静なのは、皮肉にもティアナだった。既に諦めの心境に至っていたからだ。

「カタリーナ様はダニエル様の恋人だったのです。私との婚約がなくなったのだから、彼女と結婚することになっても、それほどおかしいことではありませんわ」

「それは、あなたが不妊だという噂が広まったからでしょう！　それでダニエル様は泣く泣くあなたとの婚約を破棄して、それを慰めたカタリーナさんを伴侶に選んだなんて、美談のように語られているのですよ！」

「ティアナの検査結果は、あちらの二人にとっては渡りに船だったのだろうな」

母の言葉を継いで、唸《うな》るように言った父の握った手が震える。父も相当腹を立てているらしい。娘を粗雑《そざつ》に扱《あつか》われたのだから、当然だが。

「噂を流したのは、やはり彼だろう。自分の側には何の過失もない、婚約破棄は仕方ないと世間に思わせるために」

三人の間に、重い沈黙《ちんもく》が落ちた。

八歳の頃から婚約者として時間を過ごしてきたのに、最後に彼が選んだのは別の女性だった。そして、その女性と結婚するために、ティアナを陥《おとしい》れたのだ。

その事実を改めて突き付けられて、鼻の奥がツンと痛んだ。

「ダニエル様は、そこまでしてカタリーナさんと結婚したかったのですね」

静かな部屋に、ティアナの切ない声がポツリと落ちた。

「ああ、ティアナ……！」

母が、また声を上げて泣いた。ティアナもつられて涙をこぼしそうになったが、ぐっとこらえる。

（いつまでも、泣き虫ではいられない）

この家を出て、働かなければならないのだから。

「では、どうする？」

そう尋《たず》ねた父を、ティアナは真《ま》っ直《す》ぐに見つめ返した。

そして。

「家庭教師の仕事を探します。……私は、職業婦人として生きていきます」

しっかりとした声音で、その決意を口にした。


――さらに数週間後。

ティアナは、国内有数の大貴族であるユーベルヴェーグ公爵家《こうしゃくけ》に、家庭教師として雇《やと》われることが決まったのだった。


レオンハルト・ユーベルヴェーグ公爵について、ティアナが知っていることは多くはない。

彼は社交嫌いでごく限られた席にしか顔を出さないため、ティアナは王宮で開かれた舞踏会で彼の姿を遠目で見たことがあるだけなのだ。

噂で聞いたところによると、年齢は二十六歳で、家同士で決めた相手ではなく『婚姻統制法』で決められた相手と結婚し、二人の息子《むすこ》を儲《もう》けたという。その後すぐに離婚し、今は二人の息子と暮らしている。そして、その息子たちの教育のために家庭教師を雇っているが、もう何人も雇うそばから辞めてしまっている、ということらしい。ティアナが知っているのは、それだけだ。

ゆったりと進む馬車の中、ティアナは手元の雇用契約書《こようけいやくしょ》を確認しながら深い溜息《ためいき》を吐《つ》いた。

「条件は悪くない、けど……」

給金は十分以上、さらに屋敷の中に部屋を準備するという。屋敷の中に部屋を与えるということは、使用人として雇うのではなくその家の客分として迎えるということだ。それは家庭教師にとって、とても名誉なこととされている。

「条件がよすぎる……」

今度はううと唸った。公爵家が伯爵家の令嬢を雇うとはいえ、一介の家庭教師に対して破格の条件だ。この条件でも家庭教師が居つかずに次々と辞めてしまうということは、何か理由があるに違いない。

「それでも、やるしかない、か」

ティアナはなんとか気を持ち直して、雇用契約書をカバンの中に片づけた。既にサインは記入済み。この条件で雇われることを決めて、迎えの馬車に乗ったのだから。

荷物は普段着用のドレスを数着と最低限の生活用品、愛用のペンやノートを入れただけのトランクが一つ。今日もワードローブの中から一番地味なモスグリーンのドレスを選んだ。アクセサリーは母から受け継いだブローチが一つだけ。

「この仕事を全うして、自立しなくちゃ」

『家庭教師』は、不妊の女性が仕事をする際の一般的な職業の一つだ。裕福《ゆうふく》な家庭では子どもの養育は両親ではなく乳母《うば》や家庭教師が担《にな》う。特に教養のある貴族令嬢が家庭教師の口を探していると噂が立つと、引く手数多《あまた》となる。若くて体力のある女性には家庭教師として教育を任せるだけでなく、幼少期の養育、つまり乳母の仕事の一部も同時に任せることができるからだ。

かく言うティアナのもとにも、彼女を雇いたいという家から次々に手紙が送られてきた。それらの中から、父が慎重《しんちょう》に選んだのが、ユーベルヴェーグ公爵家だったというわけだ。

「変なの」

ティアナは思わず呟《つぶや》いた。

「働く女性のことを社会の最底辺とか呼ぶくせに、私を雇いたがる家があんなにあるなんて」

本当におかしな話だと、また深い溜息が漏れたのだった。


ほどなくして到着したのは、ロイツラー・ハウスと呼ばれる、首都の郊外《こうがい》に建つレンガ造りの荘厳《そうごん》な館だった。北側の門に馬車が到着すると、すぐに門が開かれた。玄関に向かって中央を走る馬車道の左右には薔薇園が広がり、美しい彫刻を施《ほどこ》された噴水《ふんすい》や珍しい造りのガゼボが設《しつら》えられている。少し進むと、見事な薔薇のアーチが馬車を出迎えてくれた。この館には、東西にも南側にも庭園が続いているという。話には聞いていたが、まるで空想の世界のような規模と美しさに、ティアナは思わず息を飲んだ。

馬車が内庭に入り、玄関の前に横付けされて停車する。ほとんど音を立てずに馬車の扉が開かれると、玄関前には男性の使用人がずらりと並んでいて、その中央にユーベルヴェーグ公爵が立っていた。

噂にたがわぬ、美しい人だった。

鋼《はがね》のような銀の髪にアイスブルーの瞳、身長はティアナが見上げなければ目を合わせられないほど高く、均整のとれた体躯《たいく》は惚《ほ》れ惚《ぼ》れするほどだ。

公爵はティアナに笑いかけるでもなく、黙って手を差し出した。少し戸惑《とまど》いながらその手を借りて馬車を降りる。

「ティアナ・シュミットでございます」

ティアナが膝《ひざ》を折って挨拶しても公爵は眉一つ動かさず、一つ頷いただけで応えた。それに戸惑いながらも、ティアナはおずおずとフットマン《従僕》の方を振り返った。

「あの……、お客様がいらっしゃるご予定があるのでしょうか？」

それを聞いたフットマンが軽く首を傾《かし》げた。彼女の質問の意図が分からなかったらしい。しかし、きちんと確認しなければならない。来客の予定があるなら、ティアナはさっさと奥に引っ込まなければならないからだ。

「どなたかの、お出迎えの準備をしているのでは？」

玄関の外には相変わらずピンと背筋を伸ばした使用人たちが寸分の乱れもなく並んでいる。開け放たれた玄関には奥へ向かって赤い絨毯《じゅうたん》が敷《し》かれていて、高貴な人物を出迎える準備をしているように見える。

「……君を出迎えるためだったが」

答えたのはフットマンではなく公爵だった。

「え」

思わず声を上げたティアナに特に反応することなく、公爵はさっさと屋敷の中に入っていった。慌《あわ》てて荷物を運ぼうと振り返ると、彼女のトランクは既にフットマンの手によって運ばれ

ていた。

「あの、自分で……」

言いかけたが、フットマンは首を横に振った。

荷物を自分で運ぶことは諦めて公爵の後を追いかけるように玄関ホールに入っていくと、そこにも使用人がずらりと並んでいたが、女性の使用人の姿はない。女性の労働者はそもそも数が少ないので、貴族の家であっても女性の家族がいない家は基本的にメイドを雇うことはない。

「モーリッツ」

公爵に呼ばれて一歩前に出たのは、一際立派なモーニングコートを着た中年を過ぎた頃の優しげな印象の男性だった。白いものが混じり始めている黒髪と口ひげはきちんと整えられ、目尻がじわりと下がっている。

「家令《かれい》のモーリッツだ」

紹介を受けて、互いに礼をとった。家令とは屋敷の使用人を束ねる立場の人。といっても、家庭教師は厳密には使用人ではないため、ティアナにとっては上司にはあたらないのだが。

「あとは任せる」

「かしこまりました」

モーリッツの返事を背中で聞くようにして、公爵は屋敷の奥へと消えていった。

途端、玄関に集まっていた使用人たちの空気が変わった。互いに顔を見合わせて、なにやらコソコソと話し始める。チラチラとティアナの方に不躾《ぶしつけ》な視線を送ってくる人もいた。冷ややかな視線がティアナに向けられて、背筋がひゅっと冷える。

彼らが何を話しているのかは、聞くまでもないことだ。

（しっかりするのよ、ティアナ！）

ティアナはギュッと顔をしかめながら、挫《くじ》けそうになる自分を心の中で叱責《しっせき》した。

（家を出て働くと決めた時から、分かっていたことじゃない）

若い貴族女性が働くことは自分が不妊だと言いふらして歩くのと同じことだ。そんなことは、この道を選んだときから分かっていたことだ。

「まずは、お部屋にご案内いたします」

コソコソと話す使用人たちの姿を遮るように、モーリッツが優しく微笑《ほほえ》んだ。


案内されたのは本館一階、東端の部屋だった。

真新しい壁紙は明るい色目の爽《さわ》やかな花柄、並んでいる家具はどれも流行の華やかなデザイン、リネン類は全て絹で整えられ、刺繍《ししゅう》とレースがふんだんに使われている。明らかに、年若い令嬢のために準備された部屋だ。しかも、本館とは本来は家族のみが暮らすべき棟《むね》だ。

「あの、お部屋をお間違えでは？」

この部屋は、雇われの身であるティアナの部屋として相応《ふさわ》しいとは言えない。

「間違いございません。こちらのお部屋をティアナ様にと、旦那様のご命令です」

「でも、こんな立派なお部屋、家庭教師には不釣《ふつ》り合《あ》いです」

ここで、モーリッツが困ったような表情を浮かべた。

「今日のために内装工事をして家具も入れ替えましたので。旦那様のお顔を立てると思って、このお部屋をお使いください」

これにはぎょっと目を剝《む》いた。まさか、たかが家庭教師を迎えるためにすべきことではない。

「困ります」

ティアナははっきりと言った。

「私は仕事をするためにここに来ました。客人として迎え入れられるためではありません」

またしてもモーリッツが困り顔を浮かべる。

「ここは坊ちゃまたちのお部屋の隣です。このお部屋をお使いいただいた方が、お仕事もしやすいかと思いますよ」

そう言われてしまっては、ティアナにはそれ以上言い返せなかった。

「わかりました」

溜息を一つ吐いて、もう一度部屋を見回した。そして、心の中で小さく首を傾げる。

（どうして家庭教師のためにここまでするのかしら？）

そうしている内に、茶器とポットが運ばれてきた。部屋に置かれたソファにモーリッツと向かい合って腰かけ、温かい紅茶で喉を潤《うるお》すと、ティアナの気持ちも少しばかり落ち着いてきた。

「坊ちゃまたちにご紹介する前に、いくつかお伝えしなければならないことがあります」

ティアナは居住《いず》まいを正してモーリッツに向き直った。大切な仕事の話だ。

「まず、旦那様と坊ちゃまたちがお顔を合わせることはほとんどありません。お二人の教育はティアナ様にお任せする形になります」

これは想定内だったので、ティアナは黙って頷いた。

続いてモーリッツが差し出したのは、一枚の写真だった。公爵の隣には闊達《かったつ》な表情が印象的な女性が座っていて、その手に二人の赤ん坊が抱かれている。

「奥様は双子の男の子を出産された後、離婚して故郷に戻られました」

これにもティアナはあまり驚《おどろ》かなかった。公爵が既に離婚していることは知っていたし、何より今の世の中ではよくあることだからだ。

「今は、西部で農園を経営されています。あちらでご結婚もされて、お子様もいらっしゃいます」

「まあ。幸せにお暮らしなのですね」

この国では、子作りの終わった夫婦が離婚するのは珍しいことではない。もともと子作りをするために強制的に結婚させられた二人なのだから、当然といえば当然だ。

ただし、離婚については様々な規則が定められている。男性の側は好きな時に離婚を切り出すことができるが、離婚したらすぐに次の妻があてがわれる。男性は四十歳を過ぎるか、二人の子を儲けるまでそれを繰《く》り返《かえ》さなければならない。逆に女性の方からは原則として離婚を申し入れることは許されない。しかも子どもを産まずに離婚となった場合は、女性もすぐに別の男に嫁がねばならない。女性は三十五歳になるまで、これを繰り返す。

ただ、女性もある条件を満たせば離婚を申し出ることができるようになる。

「『自由恋愛』ですか。……憧《あこが》れますね」

一人でも子どもを産んだ女性に与えられる特権、それが『自由恋愛』。自由に恋愛し、自由に結婚し、自由に離婚することが許される権利だ。また、『自由恋愛』の権利を持つ女性が交際または結婚を申し込んだ相手の男性にも、それに応える権利が与えられる。『婚姻統制法』の縛《しば》りから抜《ぬ》け出《だ》すことができるのだ。

公爵の前妻は『自由恋愛』の権利を手に故郷に帰った。そして、本当に愛する人と結ばれたというわけだ。

「では、お子様たちはずっと乳母や家庭教師の方が？」

離婚後、子どもは父親が引き取る。これも『婚姻統制法』に定められている。女性には新たな嫁《とつ》ぎ先で子どもを産んでもらう方が都合がいいからだ。残された父親は子どもたちの養育のために乳母を雇う。幼児期を過ぎれば、今度は家庭教師を雇って養育だけでなく教育も任せるのだ。子どもを産んで『自由恋愛』の権利を得て離婚する女性のおかげで不妊女性の雇用が生まれるのだから、皮肉な話だ。

「はい。ですが、皆すぐに辞めてしまいまして……」

「理由をうかがっても？」

「もちろんです。先に知っていただいた方がよろしいでしょう」

モーリッツは少しばかり視線をさまよわせてから、ずいっと身を乗り出した。

「理由は二つあります。一つ目は、坊ちゃまたちです」

ティアナはゴクリと息を飲んで続きを待った。ところが。

「たいへん、やんちゃなのです」

告げられたのは、なんてことのない理由だった。少なくとも、ティアナにとっては。

「えっと……。まだ五歳ですよね？」

「はい」

「やんちゃなのは、当たり前では？」

首を傾げたティアナにモーリッツが苦笑いを浮かべる。

「おっしゃる通りです。ただ、何事にも限度というものがございまして」

「なるほど」

とりあえず、納得した。彼女が想像する以上に、やんちゃなのだろう。

「二つ目の理由は、旦那様です」

これにもティアナは首を傾げた。過度のもてなしを受けたことを除けば、特に問題があるようには思えなかったからだ。

「お子様が二人いるといっても、旦那様はたいへん魅力的《みりょくてき》な男性でいらっしゃいます」

「はあ」

話の意図《いと》が読めず、ティアナはさらに眉をひそめてあいまいに答えた。それに臆《おく》することなくモーリッツが続ける。

「しかも、たいへんな財力をお持ちです。使用人や家庭教師の方に対して、出し惜しむこともありません」

それは、すでに実感している。

「お分かりになりませんか？」

意味深に問われて、ティアナはもう一度首を傾げた。すると、モーリッツは何やら納得したとばかりに頷いてから、にこりと微笑んだ。

「では、ティアナ様は大丈夫かもしれませんね」

「どういうことですか？」

「そのうち、お分かりになりますよ」

これで話は終わりだと言わんばかりに、モーリッツが立ち上がる。

「坊ちゃまたちのお部屋にご案内いたします」

まだ何も納得できていないティアナだったが、彼の有無を言わせぬ雰囲気《ふんいき》には従うしかなかった。優しげな人だと思ったが、やはり公爵家のすべての使用人を束ねる家令。只者《ただもの》ではないと、ティアナは認識を改めたのだった。


自室の隣にあるドアの前で、ティアナは一つ深呼吸をした。呼ばれればすぐに駆け付けることができるので、確かに都合がよい。扉を開けると広いリビングルーム、奥にはベッドルームと勉強部屋、それらの反対側には子どもたち専用の食堂も設置されている。

「こちらが、アルノルト坊ちゃま。そして、こちらがジークハルト坊ちゃまです」

モーリッツに紹介されたのは、公爵によく似た二人の男の子だった。銀の髪にアイスブルーの瞳を持つ天使のような容姿の男の子たちだ。詰襟《つめえり》のシャツにレースのクラバット、豪華な刺繍が施されたウエストコートと上着をきちんと着こなしている。五歳を過ぎれば大人と同じ服装をするものだが、ここまできちんとした服装の子どもを見るのは初めてだった。ティアナの親戚の子どもたちは皆、家の中ではもっと動きやすい服を着ていたからだ。

そして、その二人の顔は瓜二《うりふた》つ……というよりも、全く同じ顔だった。

（双子とは聞いていたけど）

ここまでそっくりだとは思っていなかったので、ティアナは驚いた。

モーリッツはニコリと笑って頷いてから、そっとティアナの耳元に顔を寄せた。

「私どもも、見分けがつかないことがほとんどですが……。お二人は名前を呼び間違えられることを、とても嫌っておいでです」

「なるほど」

ティアナは一つ頷いてから、二人の小さな男の子の前に膝をついた。

「ティアナ・シュミットと申します。今日からお二人の家庭教師を勤めます。ティアナとお呼びください」

「うん」

「わかった」

二人の男の子は素直に頷いてから、ニヤリと笑った。とても五歳とは思えない、大人が悪だくみをするときにするような表情だったので、ティアナは思わずぎょっと目を剥いた。

「前の家庭教師は一週間で辞めたんだ」

「その前は三日だっけ？」

思わず振り返ったティアナに、モーリッツが遠い目をしながら小さく頷く。

「今度は何日もつのかな？」

「賭《か》けようか、アル」

「いいね、ジーク」

（なるほど。一筋縄《ひとすじなわ》ではいきそうにないわね）

ティアナの背に汗が伝ったが、それでも彼女はニコリと微笑んだ。

「私は、ここで家庭教師として勤め上げる覚悟でまいりました。どうぞ、よろしくお願いいたします」

『勤め上げる』という言葉の意味が伝わらなかったのだろう、双子はきょとんとした表情を浮かべるだけだった。そんな二人を前に、ティアナは改めて腹をくくった。

（私は職業婦人として生きていくのよ。こんなところで、挫けたりしないわ！）

ティアナが仕事を始めたのは翌朝からだった。

身支度を整えるために、日が昇《のぼ》る前に起き出した。実家で暮らしていた頃は、メイドが支度を手伝ってくれたが、ここでは自分のことは自分でしなければならない。

まずは洗顔用の水を取りに行こうと部屋の外へ出ると、洗面器と水差しの載ったワゴンを押したフットマンが待っていた。

「おはようございます」

ティアナが笑顔で挨拶しても、フットマンはニコリともせずにワゴンを部屋の中へ運んだ。

「ご朝食はすぐにお持ちしても？」

淡々とした口調に怯《ひる》みながらも、ティアナはもう一度ニコリと笑顔を浮かべた。

「私が皆様の食堂へうかがいます。場所を教えていただけますか？」

公爵家に雇われる身なのだから、使用人と同じ場所で同じ食事を食べると主張したが、これにも無表情で返事を返された。

「旦那さまから、ご家族と同じようにお仕えするようにと命じられています。こちらにお持ちします」

フットマンは淡々と言って、彼女の返事も聞かずに裏へと引っ込んでしまった。

ティアナは深い溜息を吐いてから、身支度を始めた。洗面器に水をあけて、手拭《てぬぐ》いを浸《ひた》す。

春を過ぎたとはいえ、朝はまだ冷える。冷たい水はティアナの薄い皮膚《ひふ》をピリリと刺激した。

実家ではいつも湯が準備されていたし、そもそも手拭いを絞《しぼ》るのはメイドの仕事だった。

「……慣れなきゃ」

ぎゅっと顔をしかめてから、慣れない手つきで手拭いを絞る。顔と髪を軽く拭《ふ》いたら、次は歯磨き。それが終わって、ようやく着替えだ。

　ティアナは昨日のうちにクローゼットにしまってあった数着のドレスの中から、ブルーのドレスを取り出した。素材はウール、パニエでスカートを膨らませることもない、華美《かび》な装飾もない、簡素なドレスだ。背中のホックを留《と》めるのに苦労したが、なんとか自分で着替えることができた。靴は動きやすいようにと選んだ踵《かかと》の低い皮靴だ。

「次は、髪ね」

　鏡に向かってごくりと唾《つば》を飲み込む。これまで、ティアナは自分で髪を結ったこともないのだ。ここに来る前にメイドに習いはしたが、あまり上達しなかった。

「えっと、これを、こうして……、あっ、やだっ、なんで落ちるの！」

　と、ブツブツと独り言を言いながら悪戦苦闘《あくせんくとう》した末にできあがった髪型は、なんとか見られる格好《かっこう》にはなったが、それほど美しくは仕上がらなかった。メイドたちは『そのうち慣れますよ』と言っていたが、さっそくティアナは自信をなくしそうだった。

　だが、こんなことで気落ちしている場合ではない。

（今日からお仕事なのだから、頑張らなきゃ！）

　最後に、お気に入りのスズランの香水を軽く吹きかけてから、ティアナはギュッと拳《こぶし》を握りしめて部屋を出たのだった。

　子ども部屋に到着すると、フットマンたちがカーテンを開けて換気《かんき》を始めていた。誰もがティアナの方をチラリと見てから、気まずそうに視線を逸らす。

ティアナはこみあげるものをグッと我慢《がまん》して、ニコリと微笑んで挨拶した。

「おはようございます」

やはり、返事はなかった。

（きっと今までの乳母や家庭教師が続かなかった原因の一つはこれね）

溜息は心の中だけに留めておいた。

（でも、モーリッツさんは、これを『理由』には数えなかった）

彼が話していた『理由』は二つ。『子どもたちのやんちゃ』と『旦那様に関する何か』、だ。

他の使用人たちと上手《うま》く折り合いがつけられないのは、雇われた側の問題ということだろう。

（私たちがこういう扱いを受けるのは当たり前、ということだわ）

ティアナは、心の中でもう一度拳を強く握りしめた。

（余計なことは考えずに、仕事よ、仕事！）

寝室に入ってみると、双子は一つのベッドに並んで眠っていた。手をつないで寄り添うように眠る姿は、やはり天使のようで。思わずほうっと溜息が漏れる。

だが、呆《ほう》けている場合ではない。既に起床時間を過ぎている。ティアナはきゅっと唇を引き締めて、子どもたちに声をかけた。

「アルノルト坊ちゃま、ジークハルト坊ちゃま、朝でございます」

子どもたちはもぞもぞと身じろぎをして、ゆっくりと目を開いた。二対のアイスブルーの瞳が探るように周囲をめぐり、そしてティアナの顔を視界に捉《とら》える。次いで、パッと目を開いて彼女を見つめてから、小さな溜息を吐いた。

「……最悪だな、アル」

「そうだね、ジーク」

そろって不機嫌そうな声を出して、モゾモゾとベッドから這《は》い出した。

「おはようございます」

挨拶するティアナの方には一瞥《いちべつ》もくれず、洗面器を準備していたフットマンの方へ向かう。

ティアナも慌てて身支度を手伝おうとすると、

「変な臭《にお》いがする」

と、ジークハルトが顔をしかめた。

「ほんとだ。なんの匂い？」

アルノルトも同じように顔をしかめた。ティアナもフットマンたちもクンクンと鼻を動かして『変な臭い』のもとを探ったが、ティアナにはおかしな臭いは感じられなかった。

「花の匂いだ」

「香水？」

「だったら最悪」

「だね。甘ったるい匂い。……大嫌いだ」

ニヤリと笑った双子たちに言われて、ティアナの頬《ほお》がカッと熱くなった。彼らが言っているのは、ティアナの香水の香りなのだ。フットマンたちもそれに気づいて、チラチラとティアナの方をうかがっている。

「……着替えてきます」

ティアナは急ぎ足で子ども部屋を出た。廊下《ろうか》でも冷たい顔のフットマンたちにジロジロと見られて、顔を隠《かく》すようにして下を向いて部屋まで戻った。

――バタンっ。

勢いよく閉まった扉の音が、ティアナの耳を刺す。淑女としてあるまじき態度だが、それに構う余裕《よゆう》は今の彼女にはなかった。

「甘ったるい匂い……」

香水は淑女のみだしなみの一つだ。貴族令嬢であるティアナが使ったところで、おかしなことは一つもない。だが、彼女は幼い子どもたちの家庭教師になったのだ。子どもの嗅覚《きゅうかく》は敏《びん》感《かん》だ。彼らが香水の匂いを嫌がるかもしれないという可能性に思い至るべきだったのに、彼女には職業人としての自覚が足りなかった。それを、五歳の子どもに指摘《してき》されたのだ。

「しっかりしなきゃ」

ティアナは小さく呟いてから、ドレスを脱《ぬ》ぎ捨《す》てた。さいわい洗顔用の水はそのまま残されていたので、髪を解いて水をかぶり、手拭いを使って全身を拭いたのだった。

ティアナが二度目の身支度を終えて子ども部屋に戻る頃には、子どもたちの身支度はすっかり終わって朝食が始まっていた。前日と同じように、カッチリと上着まで着込み、首元にはレースのクラバットを結んでいる。

食堂のテーブルには、朝から豪華な食事が並んでいた。ウッフ・ココット、牡蠣《かき》の酢漬け、鮭《さけ》のオー・ブルー、豚肉のパテ、鶏肉のレイズド・パイ、アスパラガスのスープ、パン……。

しかし、二人の食事風景は目をそむけたくなるような有様《ありさま》だった。

彼らは互いにコソコソと話しながら手づかみで食べ進めていたのだ。かろうじてスープにはスプーンを使うが、ボタボタとこぼすので二人ともクラバットがベトベトに汚れている。ジークハルトがウッフ・ココットから人差し指と親指を使って器用に卵の黄身を持ち上げたが、口に運ぶ途中でつぶれて、今度は上着が汚れた。二人は顔を見合わせて声を立てて笑った。

（ここまでひどいとは……）

だが、これまで家庭教師が雇われるそばから辞めていたのなら無理からぬことだ。誰も彼らに食事のし方を教えていないということだから。周囲に執事《しつじ》やフットマンはいるが、彼らは主人の家族に物を教える立場にはないのだ。

いよいよ、ティアナの出番というわけだ。

「坊ちゃま」

子どもたちはチラリと視線だけを寄越した。だが、すぐにふいと逸らされる。ティアナは挫けそうになる心を奮《ふる》い立たせながら、二人の向かいの席に座った。

「フォークとナイフをお使いください」

言いながらティアナが手本を見せるようにフォークとナイフを持った。子どもたちからよく見えるように、ゆっくりと鮭を切り分ける。だが、二人はその手元を見ることすらしなかった。

「あの、このように……」

内心で焦《あせ》りながらも説明を続けようとしたティアナだったが、子どもたちは二人でコソコソと話してはティアナの方を見てニヤリと笑うだけ。

「食べやすいように、小さく切り分けてから……」

次第に、ティアナの声もしぼんでいった。

「いこ、アル」

「うん。今日はなにする？」

「そうだなー」

とうとう二人はティアナの話など一つも聞かずに、さっさと食卓を去っていった。椅子《いす》から降りる際にぴょんと大きく飛《と》び跳《は》ねたので、水のグラスが倒れてテーブルの下へ落ちてしまった。大理石《だいりせき》の床に落ちたグラスが割れて大きな音がしたが、それでも、彼らが振り返ることはない。リビングルームでは既にフットマンたちが着替えを準備していて、彼らに着替えをしてもらった子どもたちは、バルコニーから庭に飛び出していく。

その間、ティアナは食卓の椅子から動くことができなかった。

（あんまりだわ）

こんな扱いを受けたのは初めてなのだ。小さな子ども相手とは言え、屈辱的《くつじょくてき》と言ってもいい。じわりと滲《にじ》んだ涙を、ティアナは誰にも見られないように慌てて拭った。こんなことで泣いていては、この仕事が務まるはずがない。

「お待ちください、坊ちゃま！」

ティアナも二人を追いかけて、慌てて庭に出た。庭に出てきたティアナを見て、ようやく子どもたちがティアナの方を見る。ニヤリと悪そうな笑みを浮かべて。

「ティアナだっけ？」

「は、はい」

急に呼ばれて、慌てて返事をしたティアナに、ジークハルトが笑みを深くする。

「家庭教師ってさ、俺たちの見張りもするんだろ？」

穿《うが》った言い方だが、間違いではない。子どもたちが危険な目に遭《あ》わないように、目を離さないのも住み込みの家庭教師の仕事だ。

「はい」

「じゃあ、僕らを見失ったら、大変だよね？」

今度はアルノルトがニヤリと笑う。

「がんばれよ！」

ジークハルトが言った途端、二人は庭の向こうへ向かって全力で駆けだした。

「坊ちゃま！」

全力疾走《ぜんりょくしっそう》する五歳の男の子の足は、想像よりも速い。ティアナも慌てて駆けだした。二人は時折ティアナの方を振り返って『がんばれー』と声をかけながら、足を緩《ゆる》めたり早めたりを繰り返した。貴族の令嬢であるティアナがまさか庭を走り回るのに慣れているはずもない。すぐに息が上がり、足が止まってしまった。

それを見たジークハルトが、またニヤリと笑う。

「ほらほら。走らないと、見失うぞー」

ティアナがやっとの思いで再び足を動かすと、今度は二人が右と左に分かれて走っていってしまう。アルノルトは左へ、ジークハルトは右の生垣《いけがき》の迷宮の方へ。

「え」

驚いたティアナがたたらを踏《ふ》んで立ち止まる間にも、二人の姿は小さくなっていく。ティアナは悩んだ末《すえ》に、右のジークハルトを追いかけることにした。彼を見つけてから、アルノルトを探すしかない。

「坊ちゃま！　どこですか！」

迷宮の生垣は、ティアナの背丈よりも高い。なんとか人の気配を探しながら走るが、ジークハルトの姿を見つけることができない。生垣の向こうに屋敷が見えるので、かろうじて方角だけは見失わずにいたが、彼女自身が迷子になりそうになった。

「こっち！　こっち！」

「そこを、動かないでください！」

ジークハルトの煽《あお》るような声に、思わず叫んだ。

「こっちだよー！」

声を頼りに右へ左へ進むと、少し開けた場所に出た。生垣に囲まれた丸い空間の真ん中に、噴水がある。おそらく迷宮の中央だろう。

「どこですか、坊ちゃま！」

再び迷宮の通路に入ろうとした時だった。

――バシャーン！

ティアナめがけて、何かが空から降ってきた。驚く間もなく、ティアナの視界がその何かによってふさがれる。

「きゃあ！」

思わず悲鳴を上げて、その場に倒れ込んだ。その何かは地面にもまき散らされていて、彼女が倒れ込むと同時にベチャっと嫌な音が鳴る。ごしごしと目元を拭うと、ようやく視界が開けた。最初に目に入ったのは、茶色いものでドロドロに汚れた自分の手。同時にむわりとした嫌な臭いがティアナの鼻をついた。

「なに、これ……？」

かいだことのない臭いにティアナが戸惑っていると、子どもたちの笑い声が聞こえてきた。声のする方を振り仰ぐと、二人は脚立に乗ってティアナを見下ろしていた。その手には空《から》のバケツ。

「馬糞《ばふん》だよ、知らないの？」

「『はこいり』だもんなぁ」

「結婚できてたら、頭から馬糞かぶることもなかったのにね」

「かわいそー」

二人の楽しそうな声を、ティアナはどこか他人事《ひとごと》のように聞いていた。あまりの出来事に今、自分の身に何が起こっているのか、全く飲み込めない。

「坊ちゃま！」

生垣の向こうから、モーリッツの声が聞こえてきた。

「逃げろ！」

二人はケラケラと笑いながらモーリッツが来たのとは反対の方向へ消えていった。

「ティアナ様！」

馬糞まみれで呆然とするティアナを見つけたモーリッツの表情は真っ青だった。フットマンたちに命じて子どもたちを追わせながら、ティアナにハンカチを差し出す。だが、彼女はそのハンカチを受け取ることすらできなかった。

「どうして」

こんな目に遭わなければならないのか。とうとう、ティアナの瞳からポロポロと涙がこぼれ落ちた。打ちのめされたような気分だった。


ティアナが公爵の晩餐《ばんさん》に招待されたのは、その日の夜のことだった。

急いで沸かしてもらった湯で身体を洗い流し、疲れた体を引きずるようにして部屋に戻った彼女のもとに困り顔のモーリッツがやってきたのだ。

「旦那様が、今夜お食事をご一緒にとの仰《おお》せです」

既に部屋《へや》着姿《ぎすがた》でぐったりとソファに座り込んでいたティアナは、苦笑いを浮かべて力なく首を横に振った。

「とても無理です。それに、正餐用《せいさんよう》のドレスは持ってきていません」

公爵家当主との晩餐に出席するためには、それに相応しいドレスを着なければならないだろう。また、宝石を何も身に着けないのもマナー違反だ。ティアナは、そのどちらも持ってこなかった。家庭教師として雇われるのだから、必要ないと考えたのだ。

「承知いたしました」

と、モーリッツは一礼して部屋をあとにした。ところが、数十分後に再び部屋を訪れたモーリッツは二人の女性を連れていた。濃紺《のうこん》のお仕着せに白いフリルのついたエプロンをつけた、メイドだ。一人は中年、もう一人はティアナと同年代の女性だった。彼女たちは両手に色とりどりの箱を持っている。中身はドレスと宝石だとすぐにわかった。

「今日、屋敷に雇い入れたメイドです。ティアナ様のお世話を担当します」

思わず怪訝《けげん》な表情を浮かべたティアナだったが、それ以上何かを言う気力はわかなかった。公爵の考えていることがさっぱり分からず、こめかみを押さえることしかできない。

そして、またしても困り顔のモーリッツが小さく頭を下げる。

「やはり今夜はご一緒にとの……、ご命令です」

これでは断りようがない。

ティアナは深い溜息を吐いてから、身支度のために鏡の前に立った。メイドたちはささっと動いて衝立《ついたて》を立て、ティアナの部屋着を脱がせにかかった。一人が脱がせる間に、一人が持ってきた箱を次々と開けていく。まずは肌着、次にコルセットだ。

二人のメイドは一言も発することなく、淡々と仕事を続けた。その様子がフットマンたちの冷たい態度と重なって、またティアナの胸がズキンと痛んだ。一人はティアナと同年代ということは、きっと同じ境遇《きょうぐう》のはずなのに。

「昼間のことは、申し訳ありません」

衝立の向こうからモーリッツの申し訳なさそうな声が聞こえた。

「モーリッツさんが謝ることではありません」

あの出来事は、子どもたち以外の誰かのせいなどではない。

「今日、何かを仕出かされると分かっていたのに、対応が間に合いませんでした」

これには首を傾げた。どうして、『今日』なのか。

「いつもそうなのです」

モーリッツが深い溜息を吐いた。

「新しい家庭教師が来ると、初日に大きな悪戯を仕掛けるのです」

「必ず、ですか？」

ぎゅうっとコルセット締められて息を詰まらせながら、ティアナが問い返した。

「はい。それに耐《た》えられずに初日で辞めていった方も少なくありません」

また、ぎゅうっと締め上げられた。ティアナの腰は決して太くはないが、ドレスを着た時に十分に美しく見えるようにするためには、くびれを作らなければならないのだ。

(私も辞めようと思ってた……。さっきまでは)

ティアナはぎゅうぎゅうと腰を締め上げられながら、子どもたちのことを考えた。彼らは、どうしてあんなことをしたのだろうか。『悪戯が楽しいから』『家庭教師が嫌いだから』……、理由はいくつか考えられる。それで片づけてしまうのは簡単なことだ。

(でもきっと、それが理由の全てじゃない)

公爵の晩餐に半ば無理やり招待されたことで、ティアナの考えが変わった。

(……完全に、ズレているわ)

そう、噛《か》み合っていないのだ。公爵の親としての態度と、子どもたちの有《あ》り様《よう》が。

家庭教師に対し過度な出迎えをしたかと思えば、悪質な悪戯をした子どもたちを叱《しか》ることはしない。かといって放置するわけでもなく、当の家庭教師を晩餐に招待する。その目的は彼女を辞めさせないように説得することだろうが、だとしたらわざわざドレスと宝石を準備してまで晩餐という場を選ぶ理由が理解できない。

このズレに、子どもたちの悪戯の理由を探るヒントがあるような気がするのだ。何か理由があるのなら、ティアナはそれを知りたいと思った。

（辞めて終わりにするのは簡単だけど……）

明日からも他の使用人たちの冷たい視線にさらされながら、ひどい仕打ちを受けることを想像すると涙が滲みそうになった。それでも、ティアナは何とかそれを堪《こら》えた。

（こんなことで辞めるくらいなら、最初から働くなんて言わなければよかったのよ）

辛《つら》い思いをすることは最初から分かっていた。それでも、こちらを選んだのだ。

（踏ん張らなきゃ……！）

コルセットで身体を締めあげられると、不思議と勇気がわいてきた。それが貴族令嬢の性《さが》というものかもしれないと内心で苦笑を浮かべたが、今はそれがありがたい。

「お二人は、私を、追い出そうと、し、たの、でしょうか？」

腰を締めあげられる合間に短く呼吸しながら問いかけた。

「おそらく」

「それは、なぜでしょうか？」

この問いに、モーリッツは黙り込んだ。次いで、

「私は、ご家族様の心境を推《お》し測《はか》ってよい立場にありません」

と、少しばかり暗い声音で返ってきた。

「そうですか……」

ティアナは、それ以上は聞かなかった。彼も難しい立場なりに、何か考えがあるのだろう。

だが、それを共有できるほどの信頼関係を、まだ築けていないのだから。

コルセットを締め終わると、今度はスカートのボリュームを出すためのパニエ、そしてペチコートを身に着ける。その上からガウンのようなドレスを羽織《はお》り、刺繍やリボンで飾られたパネルを胸に当てて、正装用ドレスの着付けは終わりだ。

公爵がティアナのために準備したのは、琥珀色《こはくいろ》の優美なドレスだった。絹の布地にはびっしりと花の刺繍が施され、サテンのリボンの縁飾りが肩から腰、足元まで流れて正面を豪華に飾っている。

最後に髪を整えて宝石を身に着けてから衝立の向こうに出ていくと、モーリッツが大きく目を見開いて静かに顔を伏せた。

その表情と仕草に、これが誰のドレスなのかすぐに分かった。といっても、この屋敷には現在は女性の家族はいない。すぐに準備されたことを思えば、最初から察しはついていた。

「これは奥様のドレスなのですね」

ティアナの問いに、モーリッツは静かに頷いた。

「お子様を身ごもる前、一度だけお召しになったドレスです」

「そう……」

彼は何を考えてこのドレスを寄越したのだろうか。ティアナには、皆目見当《かいもくけんとう》がつかなかった。

身支度を終えると、ティアナは西翼一階、屋敷の中でも最も格式の高い食堂に案内された。

入口には正装した公爵が待っていて、無表情でティアナに手を差し出す。どうやら席までエスコートしてくれるつもりらしい。ティアナが渋々《しぶしぶ》ではあるがその手をとると、公爵は無言のまま彼女を席に案内し、無言のまま向かいの席に座った。

気まずい沈黙の中、モーリッツの合図で料理が運ばれてきた。前菜が運ばれてきても公爵は何も言わず、食事に手を付ける。ティアナは首を傾げながらも同じように食事を始めた。

(すぐに本題に入るかと思ったのだけれど)

料理がスープ、魚料理、肉料理まで進んでも、公爵は何も言わなかった。ただ、淡々と食事をしているだけだ。

(……何か、意味があるのかしら)

この時間に。

ティアナは疲れと虚《むな》しい気持ちで喉がつかえて、食事にはほとんど手を付けられなかった。それでもなんとか不機嫌を表に出さず、淑女として最低限のマナーを守って食べ進めた。

二種類目の肉料理を一口だけ口にして下げてもらうと、スイーツが運ばれてきた。そのタイミングで、ようやく公爵が口を開く。

「昼間の件を聞いた」

ティアナは何と答えるべきか分からず、黙って公爵の言葉の続きを待った。

「家庭教師は君で十二人目だ」

あの様子なら相当だろうと思っていたが、ティアナが予想していたよりもずっと多かった。

公爵は、とにかくティアナを辞めさせたくないようだ。だが、それも必死の思いでそうしているようには感じられない。

「どんな家庭教師をあてがっても、子どもたちが懐《なつ》かないらしい」

まるで、他人事なのだ。

それに気づいて、ティアナの胸が熱くなる。こんなにも冷たい声で、父親が子どもについて語る言葉など聞きたくなかった。

(形だけ、父親の役割を果たそうとしているだけなんだわ)

公爵は子どもたちの悪戯の話を聞いて、とりあえず金を使ってもてなしてティアナの機嫌をとろうとしている。それで彼女は満足すると思っているし、それで家庭教師が留まれば何も問題ないと思っている。これこそが、ティアナが感じていた『ズレ』だ。彼は、父親として何もかもがズレている。本当の意味で子どもたちのためにすべきことが何なのか、まったく理解していない。彼らに向き合おうとしていない。

ティアナは徐々に胸の内が冷めていくのを自覚していた。彼女が感じているのは呆《あき》れ、苛立《いらだ》ち、そして怒りだ。

(こんな家庭で育ったのだもの。子どもたちの大人に対する態度がああなるのは、必然だわ)

自分たちに本当の意味で向き合ってくれることのない父親。遠くで幸せに暮らす母親。そして、次々と離れていく家庭教師。彼らの心を歪《ゆが》ませるには、十分な要因がこの家にはあるのだ。

(……私は、運がよかっただけなのかもしれない)

ティアナの両親も『婚姻統制法』によって強制的に結ばれた二人だった。それでも、二人は愛し合っていた。互いを慈《いつく》しみ、尊重し、そして何よりも子どもたちを愛してくれた。ティアナは七人きょうだいの末っ子で、本当に愛されて育ってきたのだ。

だが、この家は違う。

（この国には、こんな家庭がたくさんあるのよね）

ティアナは自分が世間知らずだったことをようやく理解した。そんな自分に呆れ、そして苛立ちが募る。そして何より、子どもたちへの愛情を欠片《かけら》ほども持ち合わせていない様子の目の前の男に、怒りがわいてきた。

（……落ち着くのよ、ティアナ。こういう家庭は珍しくない。貴族なら、むしろ普通よ）

公爵が顔を上げて、ようやく二人の目が合った。

「忙しさにかまけて、子どもたちの教育を怠《おこた》ってきた。そのツケを君に押し付ける形になってしまった。申し訳ないと思うが、どうか今後ともよろしく頼む」

その言葉に、ティアナの中で何かがプチンと音を立てて切れた。

「ツケ……？」

小さく呟いたティアナに、公爵が首を傾げる。

「なんてことをおっしゃるんですか！」

思わず立ち上がって大きな声を上げたティアナに、公爵は瞠目《どうもく》する。その表情を見ても、ティアナの怒りは収まらなかった。

「ツケだなんて……！　お二人は、まだ五歳なんですよ！　やんちゃをするのも、わがままを言うのも、当たり前ではありませんか！　それを、まるで悪いことのようにおっしゃるだなんて……！」

　わなわなと握りしめた拳を震わせて、ティアナは踵《きびす》を返した。

「ティアナ嬢！」

　公爵が呼び止めるが、ティアナは足を止めなかった。扉の側《そば》ではフットマンたちがコーヒーと葉巻、酒にチョコレートの準備をしていた。この無益な時間を、まだ続けるつもりだったのだ。

「ティアナ嬢」

　公爵がもう一度ティアナを呼んだ。

（私の機嫌を損ねて、辞められたら困るから）

　だからティアナを豪華な部屋やドレスに宝石、晩餐でもてなしている。彼女が辞めれば、同じレベルの教養を持っている家庭教師――労働の義務を負う不妊の貴族令嬢を見つけるのは簡単なことではない。

「それも、おやめください」

　振り返ったティアナの冷めた表情に、公爵がわずかに怯む。

「私は家庭教師です。伯爵家の令嬢としてここに来たわけではありません」

「ああ、わかった」

「では、失礼致します」

「どこへ……」

公爵が、溜息を吐きながら問うた。ティアナが伯爵家に帰るつもりだと思ったのかもしれない。

（お生憎《あいにく》さま、私は絶対に辞めませんからね！）

ティアナは長身の公爵の顔をしっかりと見上げて、そのアイスブルーの瞳を睨みつけた。まさか睨まれるとは思っていなかっただろう公爵は、とても驚いていた。若い令嬢にこんな目を向けられたのは初めてなのだろう。

「子ども部屋に決まっているでしょう！」

食堂を出たティアナを、慌てた様子で追いかけてきたのは公爵ではなくモーリッツだった。

「ティアナ様、申し訳ございません」

「モーリッツさんが謝ることではありません」

「ですが……」

ツカツカと早足で歩いていたティアナは、子ども部屋の前に到着してようやく足を止めた。

「私は、悲しいです」

ポツリと言ったティアナの言葉に、モーリッツが眉を下げた。

「坊ちゃまたちが、かわいそうでなりません」

モーリッツは否定しなかった。この家の家族の有り様が歪んでいることは、誰の目にも明らかだ。

「こんな時代です。それに貴族ですから。親子の絆《きずな》が深いという家の方が珍しいのではありませんか？」

問いかけたモーリッツに、ティアナは首を横に振った。

「だとしても。それが当たり前だと思いたくありません。少なくとも、私は愛されて生きてきました」

ティアナはもう一度、ぎゅっと手を握りしめた。

「……私は、私にできることをします」

「どうか、よろしくお願いいたします」

深く頭を下げたモーリッツが、子ども部屋の扉を開いた。

そこには、暴れまわった子どもたちの後始末をするフットマンたちがいて。奥の寝室では、二人の天使が寝息を立てていた。今朝《けさ》と同じように二人は互いの手を握ったまま眠っていて、またティアナの胸が痛んだ。

（寂しいのね）

彼らは、互いに二人だけなのだ。心を預けることができる人は。

（この子たちのために、私にできることがあるのかしら……）

ティアナは考えた。朝日が昇るまで、子どもたちの寝顔を見つめながら——。

第二章 ◆ その理由

翌朝、洗面用の水差しと朝食を運んできたのは、昨日の二人のメイドだった。

「おはようございます」

ただし、昨日とは違ってにこやかな表情で挨拶《あいさつ》を返してくれた。

「改めまして、私はペトラと申します」

中年のメイドがニコリと微笑《ほほえ》む。

「こちらはエルザです」

もう一人のメイドも、ぎこちないながらも笑顔らしいものを浮かべて軽く膝《ひざ》を折った。

「昨日は申し訳ありませんでした」

ペトラが洗面器に湯を入れながら言う。そこへ、エルザが水を足して調整する。

「私たちは公爵《こうしゃく》様のご親族の家に勤めていたんです。それが、昨日になって急にロイツラー・ハウスへ行けと命じられて、慌《あわ》てて来たんですよ」

湯の温度を確認したペトラが頷《うなず》くと、エルザが手拭《てぬぐ》いを浸《ひた》して絞《しぼ》った。

「しかも、公爵様に『お嬢様のご機嫌を損ねないよう一言もしゃべるな』、と命じられて」

なるほど、昨日の態度はそういうことだったのかと、納得した。

(やっぱり、ズレてるわね)

ティアナは内心で深い溜息《ためいき》を吐《つ》いた。

「今日から私たちがお世話をさせていただきますので。よろしくお願いいたします」

「ありがとう」

差し出された手拭いを受け取りながら礼を言うと、ペトラの笑みが深くなった。少なくとも、彼女たちに嫌われてはいなかったらしい。

しかし、ティアナは朝までに決めていたことがあった。

「でも、メイドは必要ないと旦那様にお伝えしようと思っているの」

これには二人が驚《おどろ》きの声を上げた。

「私たちに、何か粗相《そそう》がございましたか？」

と、慌てている。

「そうじゃないの。私は伯爵家《はくしやくけ》の令嬢《れいじよう》としてここに来たわけではなくて、家庭教師として働くために来たのだからメイドは必要ない、ということよ」

これを聞いて、ペトラは一つ頷いた。

「確かに、家庭教師の方に必ずメイドが必要かと言われれば、そうではないかもしれません。ですが、お嬢様は家庭教師として働かれることになったとはいえ、今も伯爵家のご令嬢でございましょう？」

今度はティアナが頷いた。不妊の診断を受けて労働の義務を負うことになったとはいえ、身分が変わったわけではない。確かに、彼女が伯爵家の令嬢であるという事実は変わらない。公爵家の中での立ち位置も、雇《やと》われているとはいえ使用人とは明確に線引きされる。

「だからこそ、私は甘えちゃいけないと思っているの」

言いながら、ティアナは自分で寝間着《ねまき》を脱ぎ始めた。慌てたエルザが手伝おうとするが、それを断って自分でドレスに着替えていく。昨日のうちに洗濯して香水の匂いを消してもらった、ブルーのウールのドレスだ。

「お嬢様……」

ペトラが何か言いたげに視線を揺《ゆ》らす。

「安心して。あなたたち二人はよくやってくれたと、きちんと伝えるわ。元のお屋敷《やしき》に戻れるようにするわね」

この時のティアナは、髪を結い上げるのに必死で二人の表情をよく見ていなかった。エルザが真っ青な顔でスカートの裾《すそ》を握《にぎ》りしめていたことに、気づいていなかったのだ。

身支度《みじたく》を終えて、まずティアナが向かったのは公爵の部屋だった。

「おはようございます」

食事を終えて新聞を読みながらくつろいでいたところに訪ねてきたティアナに、公爵は眉《まゆ》一つ動かさずに視線だけを送って寄越す。にこやかに挨拶したティアナだったが、ひくりと頬《ほお》がひきつりそうになった。

（……そもそも、私に興味がないのね）

それならそれでかまわないと、ティアナは思った。彼女の方も、公爵は雇い主であるという程度の興味しかないのだから。

「メイドの件で、お伝えしたいことがございます」

ティアナが切り出すと、公爵の新聞を持つ手がピクリと動いた。

「なんだ」

「よく教育されたメイドで、短い時間でしたがとてもよくしてもらいました。しかし、私にメイドは不要です。元のお屋敷に戻してやってください」

一息で言ったティアナに、公爵は軽く息を吐いた。何かが気に入らなかったらしい。

「メイドが言ったのか」

「え？」

「元の屋敷に戻りたいと、メイドが言ったのか？」

「いいえ、違います。私が、元の屋敷に戻れるように手配すると約束しました」

「そうか」

公爵は新聞を置いて顎《あご》に手を当て、少しの間考え込んだ。

（何を悩む必要があるのよ。早く子ども部屋に行きたいのに）

内心でやきもきするティアナのことなどお構いなしだ。

「……メイドは戻さない。このまま、君の世話をさせる」

まさか断られるとは思っていなかったので、ティアナは思わず声を失った。

「なぜでしょうか？」

「私が決めた。用件がそれだけなら、話は以上だ」

公爵はティアナの返事も聞かずにリビングを出て書斎《しょさい》に向かった。

「あの、旦那様！」

思わずティアナが追いかけると、軽く振り返って『他に用事があるなら早く言え』とばかりに冷たい視線を向けてくる。

「私は家庭教師ですので、メイドは必要ありません」

「その話は終わりだ。……仕事をしたまえ」

――バタンッ！

（な、なんなのよ！）

勢いよく閉まった書斎の扉を前に、ティアナは両手をわなわなと握りしめたのだった。

無駄《むだ》な時間だったと反省しながら子ども部屋に向かうと、今日も子どもたちは服をベトベトに汚しながら食事をしていた。フットマンたちは慣れていると言わんばかりに、さっさと着替えを準備して待っている。

ティアナはもう一度ぎゅっと拳《こぶし》を握りしめて、大きく息を吸い込んだ。

（負けないわ）

そして、満面の笑みを浮かべて子どもたちの食卓に向かった。

「お邪魔《じゃま》いたします」

ティアナが子どもたちの向かいに座ると、二人は顔を見合わせてからくいっと眉を上げた。

「すごいな」

「馬糞《ばふん》で辞めなかった家庭教師は、初めてだ」

ひくりとこめかみがひきつったが、ティアナは笑顔を崩《くず》さずにナイフとフォークを手に取ってチーズパイを一口大に切り分け始めた。双子はその様子にニヤリと笑い、ティアナに見せつけるようにしながらオムレツを素手でつかんでかぶりつく。

ティアナは黙《だま》って切り分けたパイを二つの小皿に載せ、二人の前に置いた。

「なに」

ジークハルトが眉を寄せる。それでも、ティアナはニコリと微笑んだ。

「まずは、フォークを使って食べることから覚えましょう」

今度はアルノルトが顔を歪《ゆが》める。

「やだよ。手で食べた方が早い」

と、取り付く島もない。

「ですが、手で食べては汚れます。見た目もよろしくありません」

「ふーん」

二人はティアナが切り分けたパイには目もくれず、手づかみで食事を続けた。

「ああ、ほら。ソースが……」

ジークハルトがつかんだ鹿肉のグリルからソースがこぼれる。

「こぼれていますよ」

今度はアルノルトがつかんだポーチドフィッシュが、バラバラになってクロスの上に落ちた。

二人がティアナのお小言に顔をしかめても、注意することをやめるわけにはいかない。しばらくすると、二人はとうとう食事をやめてしまった。

「もういらない」

そう言って、そそくさと食堂を飛び出してしまった。ティアナは叫《さけ》び出《だ》したいのを懸命《けんめい》に我《が》慢《まん》しながら、急いでその後ろを追いかける。そして、フットマンから着替えを受け取り、二人の着替えを手伝った。

そこでふと、ティアナは疑問に思った。

（食事マナーはあんなにひどいのに、どうして着替えだけはきちんとするのかしら？）

シャツのボタンを上までとめることも、堅苦《かたくる》しいウエストコートや上着を着ることも嫌がったりしない。ティアナが考え込んでいると、着替えを終えた双子が庭へ出ようとしていた。

「じゃあ、今日はどうする？」

「そうだなー」

と話す二人の前に、通せんぼするようにティアナが立った。

「午前中はお勉強の時間です」

彼らは既《すで》に五歳。基本的な読み書きと簡単な計算はできるようにならなければならないのだ。

「やーだよ！」

二人の声が重なると同時に、小さな身体《からだ》がティアナの足元に消えた。

「え!?」

彼女が驚きに声を上げるのと、二人がティアナのスカートの中をくぐって後ろに通り抜けたのは同時だった。

「きゃあ！」

思わずスカートを押さえてうずくまるティアナを、子どもたちが指さして笑いながら庭の方へ駆《か》けていく。

「……なんてことを！」

ティアナはわなわなと震《ふる》える拳を握りしめて、昨日と同じように二人を追いかけて庭へ出たのだった。


馬糞を浴びせられることはなかったが、この日も散々だった。子どもたちは相変わらず庭を駆けまわり、今日は畑の土を荒らして水を撒《ま》いて泥遊びに夢中になった。ドロドロになった彼らを入浴させ、さあ授業と思ったら、今度はティアナのことなど無視して昼寝をしてしまい。起きてようやく机に向かったかと思えば、授業などまるで無視して二人でノートに落書きをしてはケタケタと笑い合っている。ついには座っていられずに二人で部屋の中を走り回り、椅子《いす》が二脚とテーブルが一つ破壊された。夜は夜で昼寝をし過ぎたのでなかなか寝付けず、遅くまでベッドの上で暴れまわった。

ティアナは夜遅く、二人が眠りについたのを見届けてから、ようやく部屋に戻った。部屋ではペトラとエルザが待っていた。

「あ……。ごめんなさい」

部屋に戻って早々に謝罪を口にしたティアナに、ペトラが苦笑を浮かべる。

「お気遣《きづか》いありがとうございます。でも、私たちは大丈夫ですから」

仕方なくエルザに手伝ってもらって髪をほどき、部屋着に着替える。その間に、ペトラがテーブルに夕食を並べてくれた。どれもこれも冷めきっていてとても美味《おい》しそうには見えないが仕方ない。

「明日からはお仕事の終わりに出来上がりを持ってくるよう、厨房《ちゅうぼう》に言っておきますね」

ペトラの気遣いはありがたかったが、ティアナは首を横に振った。

「いいのよ。皆さんの食事の時間に合わせてちょうだい」

「ですが」

「私のことで煩《わずら》わされるのは、皆さん迷惑でしょ？」

少し嫌な言い方になってしまったと、言葉にしてからティアナは後悔《こうかい》した。『不妊女性に気を遣うのは、みんなが迷惑でしょう？』とは、完全に嫌みだ。この場には彼女と同じ境遇《きょうぐう》のエルザもいるのに。

「そんなことはありません。大事な方ですから、きちんとするようにモーリッツ様から伝えていただきましょう」

「ありがとう。でも、いいわ」

上司を介してそんなお願いをしたら、もっと嫌われるかもしれない。ティアナは、そう考えたのだ。ペトラはまだ何か言いたげだったが、それ以上何も言わなかった。

ノックの音が響《ひび》いたのは、ティアナの食事が済んだ頃《ころ》だった。

入ってきたのは数人のフットマンで、彼らが運んできたのは大きな箱が五つと、小さな箱が三つ、さらに手のひらサイズの小箱が二つだった。

「これは？」

「旦那様から、お届けするようにと承《たまわ》りました」

と、それだけ言い残してフットマンはいなくなってしまった。残された三人は相互に顔を見合わせて頷き合い、まずは大きな箱のふたを開けた。

「あら」

声を上げたのはペトラだった。箱の中には、鮮やかな珊瑚色《さんごいろ》のドレスが入っていた。

「こちらもドレスですね」

エルザが開けた二つ目の箱には、若草色《わかくさいろ》のドレス。三つ目の箱には空色のドレス、四つ目の箱にはラベンダー色のドレス、五つ目の箱には琥珀色《こはくいろ》のドレスが入っていた。どれも正装用ではない、普段着用のドレスだ。華美《かび》ではないが、どれも鮮やかで明るい色合いが目を引く。

「こちらは、靴ですね」

小さな三つの箱には、桃色、クリーム色、赤茶色の皮の靴が入っていた。どれも踵《かかと》が高く、華奢《きやしや》な装飾が施《ほどこ》されている。

「ということは、こちらは宝石でしょうね」

ペトラの言う通り、二つの小箱にはネックレスとイヤリングが入っていた。

ティアナは眉間《みけん》にしわを寄せて、頭を抱えた。

「いったい、何をお考えなのかしら……」

深い深い溜息を吐くティアナに、ペトラが苦笑を浮かべる。

「嬉《うれ》しくないのですか？」

「まったく」

きっぱりと返事をしたティアナに、ペトラが目を剝《む》く。

「どれも、私たちでは手の出ないような高級品です。ありがたくお受け取りになればよろしいじゃありませんか」

「家庭教師には必要のないものだし、そもそもお給金は十分にいただいているのだから、こんなものをいただく謂《いわ》れがないわ」

ティアナはもう一度深い溜息を吐いて、全ての箱のふたを閉めて回った。

「お返ししてちょうだい」

これには、ペトラもエルザも困ったように顔を見合わせた。

「よろしいのですか？」

「いいのよ、ご機嫌取りのプレゼントなんか。受け取れないわ」

最後の箱のふたを閉めてから、ティアナは書き物机に向かった。自分の家族に近況を伝える手紙を書かなければならない。きっと、心配しているだろうから。

「ありがとう。今日はもういいわ」

ティアナが言うと、ペトラは黙って膝を折って部屋を出ようとした。ところが、エルザは違った。ぎゅうっと顔をしかめて、ティアナの前に進み出たのだ。

「どうしたの？」

突然のことに驚きながらもティアナが尋《たず》ねると、エルザは真っ青な顔で唇《くちびる》を震わせながらティアナの方を真《ま》っ直《す》ぐに見て言った。

「旦那様は、ご、ご、ご機嫌取りでドレスを贈《おく》られたのではないと思います！」

驚いて目を大きく見開くティアナに、エルザが続ける。

「だ、旦那様はお優しい方です。あの、わ、私の……、私の……」

ここまで言って、エルザが言葉を詰まらせた。その肩をペトラが支える。

「エルザ……」

ペトラの気遣わしげな表情を見て、ティアナにも彼女に何か事情があるのだと分かった。エルザがゴクリと喉《のど》を鳴らして、もう一度ティアナの方を見る。

「み、見てください」

エルザが袖《そで》をめくった。そこには、ひどいやけどの痕《あと》が残っていた。熱した火かき棒を押し当てたような、細い真っ直ぐな痕だ。そして、それは一つや二つではなかった。

「冬は毎日のように火かき棒をあてられました。夏は汚水をかけられました。毎日のように」

ティアナは声を失った。そんなひどい仕打ちを、なぜ彼女が受けなければならないのか。

「誰が、そんなことを？」

なんとか絞り出した疑問に、エルザが眉を下げる。

「一緒に働いていた使用人たちです」

「どうして……」

「私が不妊だからです」

即座に答えたエルザに、ティアナの瞳《ひとみ》に涙が滲《にじ》んだ。

「みんな、私を『石女《うまずめ》』と呼んで笑いながら私をいたぶりました。それで痛がる私を見て、また笑っていました」

「そんな！」

ティアナが思わず立ち上がると、エルザはその場にへたりこんでしまった。その瞳から、ぽろぽろと涙がこぼれ落ちる。

「ペトラさんだけが、私の味方でした。内密に親族内の別の家の奥様に手紙を書いてくださって。それが公爵様のお耳に入ったんです。それで、こちらのお屋敷でお勤めできるように手配してくださいました」

よくよく考えればおかしな話だった。メイドの雇用《こよう》がティアナのご機嫌取りならば、あらかじめ雇って彼女が館に来た日から世話をさせたはずだ。だが、二人が来たのはティアナがここに来て二日目の午後遅くだった。

「旦那様は、この家ではティアナ様のお世話だけをすればいいって。それ以外の仕事をする必要はないって言ってくださったんです」

二人のメイドを雇ったのは、ティアナのためではない。エルザを救うためだったのだ。

「お優しい方なんです……！」

エルザがもう一度言った。その肩をペトラが優しく撫《な》でる。その表情は、まるで我が子を見つめる母親のようだった。

「私の娘も不妊なんです。ちょっと遠くに働きに出ていて。だから、この子のことも放っておけなくて」

ペトラの目にも涙が滲んでいた。

「旦那様は、ティアナ様がドレスを三着しかお持ちにならなかったことをご存じです。その内の一着が馬糞をかぶったことも」

必死に言《い》い募《つの》るエルザの言葉に、一つずつティアナは頷いた。

「だから……、だから、どうか、お受け取りになってください」

「そうね。そうしたほうがいいわね」

ティアナも必死に頷きながら、エルザを抱きしめた。立場も身分も違うティアナに口答えすることは、相当な勇気が必要だったはずだ。それでも、自分を救ってくれた人のために声を上げた。ひどい仕打ちを受けて心に深い傷を負っているのは彼女なのに。当たり前のことのように見えて、簡単にできることではない。

その晩、三人は遅くまで肩《かた》を抱き合ってわんわんと声を上げて泣いたのだった。同時に、ティアナは心の中で今日までの自分の考えを反省した。

(旦那様のこと、私が決めつけていただけかもしれないわ……)

翌朝、ティアナは珊瑚色のドレスを着た。スカートの裾はそれほど広がるつくりになっておらず、素材も絹ではなかった。リボンやレースの装飾も控《ひか》えめで、家庭教師の仕事をするのに支障はなさそうだった。

ティアナは靴と宝石の箱だけを持って、この日も公爵の部屋を訪ねた。彼女の姿を見た公爵がふっと目を細め、次いで彼女がテーブルに置いた箱を見てピクリと眉を動かす。

「ドレスはありがたく受け取らせていただきます。代金はお給金から引いてください」

淡々と告げたティアナを、公爵は無言のまま見つめた。その怪訝《けげん》そうな眼差《まなざ》しに気圧《けお》されつつも、言葉を続ける。

「こちらの靴と宝石はお返しします」

「なぜだ」

「靴は踵が高くて歩きにくく、この仕事には向きません。ネックレスとイヤリングは、落とすのが心配で坊ちゃまたちを追いかけて走ることができなくなります」

「わかった」

あまりにもあっさりと受け入れられたので、ティアナは驚いた。だが、同時に納得もした。

（言葉が足りなかったんだわ）

きちんと話せば、伝わる人なのだ。それに気づかず、正しく説明するのを怠《おこた》ったのはティアナの方だ。それなのに、理解してもらえないと感じて勝手に苛立《いらだ》っていた。

（エルザを見習わなくちゃ）

彼女がしたように、伝えるべきことはきちんと伝えなければならないのだ。

（坊ちゃまたちのことも）

興味がないわけではない、このままでいいと思っているわけでもない。だからこそ、家庭教師を引き留めようとしているのだ。だが、子どもたちやティアナが何を求めているのか分からないから、空回りをしている。その原因の一つは、彼に遠慮《えんりょ》してきちんと伝えない周囲の人々のせいだ。

と考えたところで、ティアナははたと気づいた。

（だったら、自分の目で子どもたちの様子を見に行くべきじゃない）

それをしないのだから、やはり公爵が悪いのだとティアナは結論付けることにした。ただし、あの晩餐会《ばんさんかい》の後のような怒りはない。

「エルザとペトラには、このまま私の世話を頼みます」

「……そうか」

「ありがとうございます」

ティアナは、真っ直ぐに公爵を見つめて深く頭を下げた。

「エルザを救い出してくださって、ありがとうございました」

公爵は何も言わなかった。ティアナが顔を上げると、彼はコーヒーを飲みながら新聞に目を落としていた。

（礼には及ばない、ということかしら？）

小さく溜息を吐いて、ティアナは踵《きびす》を返し部屋を出た。

（やっぱり、言葉が足りないのは旦那様の方も、よ！）

心の中で文句を言うことは忘れなかった。


それから数日後。

子どもたちの父親とは何とかやっていけそうだと思い始めた矢先、事件が起こった。

その日も子どもたちは授業を始めようとしたティアナを無視して、屋敷の廊下《ろうか》を駆けだした。

そして、飾ってあった花瓶《かびん》をわざと一つずつ倒して回り始めた。

「坊ちゃま！」

思わず、ティアナは叫んだ。そして、ジークハルトの腕をつかむ。

「いたい！」

ジークハルトが叫び、慌てて手を離したティアナをアルノルトが睨《にら》みつけた。

「何するんだよ！」

思わずたじろいだティアナだったが、引かなかった。

「いけないことをしたのだから、叱《しか》られるのは当たり前です。お怪我《けが》をなさったら、どうするのですか？」

「してない！」

「そういう問題ではありません！」

「うるさいなぁ」

めんどくさそうに言ったジークハルトに、ティアナの額《ひたい》に青筋が浮かぶ。さすがの彼女も我慢の限界だ。

「いいかげんになさい！」

大きな声で怒鳴《どな》ったティアナに、子どもたちが目を見開く。次いで、歯を食いしばって彼女の方を睨みつけた。

「うるさい！　うるさい！」

アルノルトが叫んで、また一つ花瓶を割った。ティアナが彼の手をつかもうと手を伸ばしたが、

――パシンッ！

その手を、ジークハルトが払いのけた。

「さわるな！」

「ティアナには子どもがいないんだから！」

「俺たちのことなんか、分かりっこないんだ！」

「あっち行け！」

「もう顔も見たくない！」

二人は順番に叫んで、廊下の向こうに走り去っていった。ティアナには、彼らを追いかける気力は残っていなかった。

『ティアナには子どもがいないから』

その言葉に、彼女の胸は大きく抉《えぐ》られてしまった。廊下の向こうで再び響いた花瓶の音と一緒に、なんとか頑張ろうと奮《ふる》い立たせていた心が挫《くじ》ける音がした。

悄然《しょうぜん》と立ち尽くすティアナを慰《なぐさ》めてくれる人は、誰もいなかった。

ティアナは早々に仕事を切り上げて部屋に閉じこもった。ドレスのままベッドの中にもぐり込み、頭から上掛けをかぶる。シクシクと情けなく涙を流す姿を、誰にも見られたくなかったのだ。

何をしても上手《うま》くいかない。何を言っても子どもたちは変わらない。彼らが何も聞こうとしないのだから、何も教えられない。

（やっぱり、私には無理だったのかしら）

ティアナは、今度こそこの仕事を辞めようと考え始めていた。

「ティアナ様」

そこへ、ペトラとエルザがやってきた。ペトラが優しく声をかける。

「お手紙が届いています」

「手紙？」

上掛けをわずかにめくって目だけをのぞかせたティアナに、ペトラが封筒《ふうとう》を差し出した。宛名はティアナ、差出人は……。

「お母様！」

ティアナは転がるようにベッドから飛び出した。その勢いのまま書き物机に飛びついてペーパーナイフで封筒を開けると、そこには見慣れた優しい文字の綴《つづ》られた手紙が入っていた。

愛《いと》しい愛しい、泣き虫のティアナ。

そろそろ、お仕事を辞めたいと思って泣いている頃かしら？

いいのよ。嫌になったら、いつでも帰っていらっしゃい。お母様もお父様も、いつでもあなたの帰りを待っていますよ。

でも、その前に。忘れないで。

すべてのことには『理由』があるということを。

子どもたちの言うことやることは全て理不尽《りふじん》で、どうして自分がこんな目に遭《あ》うんだろうって、そう思っているでしょう？

そうだと思うわ。だって、私もそう思っていたもの。

あなたも、あなたのお兄さんもお姉さんも、みんなそう。

母親を何だと思っているの！　って、怒鳴りつけたこともあるのよ。覚えてないでしょ？

でもね、全てには理由があったのよ。

あなたが毎日のように着替えを嫌がって泣いたのは、背中のホックが髪に引っかかって痛かったから。ホックじゃなくてリボンで結ぶ服にしてあげたら、嫌がらなくなったわ。

あなたがサンドウィッチばかりを食べたがったのは、手でつかんで食べたかったから。その方がお口の中にたくさん入って、お腹《なか》いっぱいになるよって言っていたの。かわいかったわ。

あなたが散歩を嫌がったのは、お気に入りの靴が汚れるから。普段の靴とお散歩用の靴を分けてあげたら、お散歩が大好きになったわ。

ね。理由があったのよ。

といっても、その理由を見つけるまでが大変なんだけどね。だって、子どもたち自身にも何が理由かなんてわからないことの方が多いんだから。

着せるドレスを変える度に、あなたの表情を注意深く観察したわ。

散歩が嫌で泣きじゃくるあなたの言葉に耳をかたむけた。

あなたが言葉にできない理由を、一生懸命探したの。あなたの心の中を一つずつ理解していくみたいで、大変だったけど嬉しかった。

ただし、理由がないこともあったわ。

理由がないというよりも、ただただ甘えたいだけ、ということがね。

特にお父様もお母様も忙しいときに多かったのよ、あなたの悪戯《いたずら》。

悪いことをしたら、お母様かお父様が叱ってくれるでしょう?

叱られるけど自分の方を見てくれる。そう思ったのでしょうね。

ああでも。どれだけ考えても理由がわからないこともあったわ。それは、いつか時間が解決してくれると思って諦《あきら》めることね。


その仕事は、あなたでなくてもきっと務まります。だから、いつ辞めてもいいの。

でもね、あなたがその仕事に就いたことには、きっと意味があるはずよ。

だから、たくさん悩みなさい。

その時間が、きっとあなたには必要なんだわ。

母より

追伸。

焼き菓子を一緒に送ります。お屋敷の皆《みな》さんと召《め》し上《あ》がってください。それでは。


ティアナは、手紙を読みながらボタボタとこぼれる涙を拭《ふ》くのに必死だった。優しくて厳しい母の言葉を、何度も何度も繰《く》り返《かえ》し読む。

「ティアナ様……」

そんなティアナを見て、ペトラもエルザも涙ぐんでいる。

「理由が、ある」

その言葉を、繰り返し読んで心に刻みつけた。

(諦めちゃいけない)

彼らのために、できることをしようと思ったのだから。諦めずに、理由を見つけるのだ。そして、母が自分にしてくれたようにその理由に寄り添えばいい。

(ああ、そうか)

ティアナは、すっかり失念していた。見習うべき素晴らしいお手本を、既に知っていたということを。

「……私、やってみるわ」

エルザがさりげなく準備してくれた濡《ぬ》れた手拭いで、ティアナは涙を拭いた。

「私にできるか分からないけれど。お母様が私にしてくれたように、やってみる」

それを聞いて、ペトラがニコリと微笑んだ。

「ティアナ様なら、きっとできます！」

二人に背中を押されて、ティアナはもう一度子ども部屋に向かう決心ができたのだった。


この日から、ティアナは子どもたちを叱るのをやめた。勉強を強制することもしない。朝も子どもたちが自然に目覚めるまで寝かせ、夜は子どもたちが遊び疲れるまで起きていても何も言わない。何をしても叱らず、ただ笑顔を浮かべて見守ることを決めた。

そうしながら、子どもたちの様子を注意深く観察することから始めることにしたのだ。


「おはようございます。アルノルト坊ちゃま、ジークハルト坊ちゃま」

自然に目覚めるまで眠った子どもたちは、寝《ね》ぼけ眼《まなこ》をごしごしとこすりながら起きてきた。時計を見て、既に昼前の時間であることに気づいて不思議そうに首を傾《かし》げている。

「よくお眠りでしたね。まずはお着替えをしましょう」

怪訝な表情を浮かべたままの子どもたちにティアナが差し出したのは、ゆったりとした綿のシャツとズボンだった。

「これを着るの？」

「上着は？」

思わず問いかけた子どもたちに、ティアナがニコリと笑う。

「お客様がいらっしゃるわけでもありませんし、必要ありませんよ。これならたくさん動いても楽ですし、汚しても問題ありません」

「ふーん」

ただし、ティアナはフットマンにいつも通りの服も準備してもらっていた。二人は綿の服といつもの服を見比べてから、いつもの服を指さした。紺地《こんじ》に金の刺繍《ししゅう》が入った、見事な意匠《いしょう》の上着だ。

「はい。かしこまりました」

ティアナは特に何も言わず、綿の服を片付けるようにフットマンに頼《たの》んだ。その様子に、子どもたちだけでなく彼らも不思議《ふしぎ》そうな表情を浮かべている。綿の服を選ばなかったことに文句を言うはずだと思っていたのだろう。

「こちらは、仕立《した》てたばかりの服ですか？」

「あ、はい。今年の春に仕立てました」

答えたのは若い執事《しつじ》だった。彼が子ども部屋を担当するフットマンたちを束ね、子ども部屋の家事を仕切っている。ティアナが『今日から子どもたちを叱らないし朝は起こさない』と伝えた時には怪訝そうな表情を浮かべていた彼は、今も彼女の意図が分からず困惑している。

「子どもたちの服は頻繁《ひんぱん》に仕立てるのですか？」

「はい。定期的に仕立て屋を呼んでいます」

「見立てはどなたが？」

使う布地を選んだりデザインを決めたりするのは、本来であれば母親の仕事だ。いなければ、乳母か家庭教師が担《にな》う。この家には、どちらもいない期間の方が多かったはずだ。

（もしかして旦那様が？）

少し期待したが、そんなことはなかった。

「いいえ。私がお手伝いをして、坊ちゃまたちがご自分で選ばれます」

これには驚いた。まさか、五歳の子どもが自分で着る服を自分で選ぶとは思わなかったのだ。しかも、彼らの選んだ服は公爵家の嫡男《ちゃくなん》として申し分ない、上品なものばかりだ。

ふむと、ティアナは考え込んだ。ここにも、理由があるらしいと思ったのだ。だが、それを考えるのは後にして、部屋の外へ出た子どもたちを追いかけた。今日は雨が降っているので屋敷の中で遊ぶらしい。

二人は何やらこそこそと話しながら、廊下を進んでいく。その話し声は、ティアナにもよく聞こえた。わざと聞かせるように話しているらしい。

「今日のティアナ、ちょっと変じゃない？」

「な。授業するよって言わなかった」

「家庭教師なのに」

「頭打ったのかな？」

「そうかも」

「結婚できないうえに頭がおかしくなったなんて」

「かわいそー」

今日も嫌みたっぷりだが、ティアナは昨日までのように気にはならなかった。彼女の頭の中は『どうして彼らがこんなことを言うのか』という考えでいっぱいだったからだ。

（初日からそうだったけど、わざと私を傷つけようとしているみたい。それはどうして？　やっぱり、家庭教師を追い出したいから？　じゃあ、それはなぜ？）

と、彼らがなぜこんなことを言うのかを、懸命に考えていた。

二人は本館一階を西へ進み、そのまま西翼棟《にしよくとう》へ入っていった。主に親族以外の客人を迎えるための棟《むね》で、一階には夜会や舞踏会《ぶとうかい》を開くためのホール、晩餐会を催《もよお》すための食堂、二階には客間と絵画や美術品を展示するロング・ギャラリーがある。

子どもたちが勢いよく階段を駆け上がった。階段を上がると、そこは二階の廊下。その廊下全てが、ロング・ギャラリーだ。

「わぁ」

彼らに続いて階段を上がったティアナは、その荘厳《そうごん》さに思わず声を漏《も》らした。

ロイツラー・ハウス西翼棟の北端から南端を貫くように作られたロング・ギャラリーは、国内で最も長いギャラリーだと美術史の本にも載っているほど有名だ。実際に目にすると、本当に長い。向こうの端まで真っ直ぐ伸びる壁を埋《う》め尽《つ》くすように数々の名画が飾られている。ところどころに置かれた台座には彫刻や陶磁器《とうじき》、チェストには金や銀、水晶の食器が置かれている。あちこちに美術品をゆっくり鑑賞するための椅子が並べられていて、これらの椅子にも芸術的な彫刻が、座面の布には見事な刺繍が施されている。そして、廊下の床に端から端まで敷いてある絨毯《じゅうたん》には珍《めずら》しい文様が織り込まれている。

（南の国の絹織物だわ。こんな大きな絨毯は初めて見た）

今はもう消えてしまった南の国。そこで職人たちが一つずつ手織りしていたという伝統工芸品だ。おそらく数百年前、この館が建てられた頃に輸入したものだろう。

さらに、ガラスケースの中には珍しいものも飾られていた。ほのかに光を放つ青白い宝石や、四角い板に丸いボタンのようなものがはめ込まれた不思議な機械。旧時代の遺産だ。今はもう使い道が分からないものは、こうして美術品の一つとして貴族の邸宅《ていたく》に飾られるのだ。

感嘆《かんたん》の息を漏らすティアナを尻目に、子どもたちは北の端まで走り抜け、そして戻ってきた。

「俺の勝ち！」

「もう一回！」

二人は競争しているらしく、もう一度北の方へ向かって駆けだした。

その間、ティアナはギャラリーの中を注意深く観察した。絵画も陶磁器も彫刻も、全て子どもたちの手では届かない場所に飾られている。壁の低い位置には四角い日焼けの跡《あと》が残っているところもあるから、以前はそこにも飾られていたのだろう。

（汚される前に移動させたか、汚したから処分したのか）

どちらかは分からないが、いずれにしても、今この場所には子どもたちが汚したり壊《こわ》したりできるものはない。子どもたちも分かっているのだろう、美術品には目もくれずにかけっこを続けている。

それなのに、フットマンや執事たちが遠目に子どもたちを見張っている。彼らがまた美術品を壊すのではないかとヒヤヒヤしているようだ。

それに気づいたジークハルトが、ニヤリと笑って壁に向かってジャンプした。絵画に手は届かないが、足が当たって椅子が倒れる。慌てて執事が駆け寄って椅子を直す様子を見て、アルノルトが声を立てて笑った。

（大人の反応を見て楽しんでいるんだわ）

ティアナは呆《あき》れつつも納得した。彼らが物を壊すのは、大人に注目してもらいたいからだ。同時に、大人が自分たちの手によって振り回されるのを見て楽しんでいる。

（なるほど）

彼らのことが少しずつ分かってきた。

（やっぱり、寂《さび》しいのでしょうね）

二人の心の根底にあるのは寂しさだ。彼らの行動のほとんどは、寂しさを紛《まぎ》らわせるため、そして寂しさを埋めてくれる誰かを探すためなのかもしれない。

（だとすれば、問題は子どもたちだけじゃなくて、大人の方にも大いにあるわね）

今度はアルノルトが陶磁器に手を伸ばそうとしてチェストを揺らし、フットマンが慌てている。といっても、彼を止めるわけではない。わずかに揺れた陶磁器が割れていないかを確認しただけだ。それっきり、また厳しい表情で子どもたちを遠目に見るだけ。

（あれじゃ、ただの見張りね）

なぜなら、執事やフットマンは子どもたちを叱ることはできない。せめて、という思いでしかめ面を作っているのだろう。

（変えなきゃいけないんだわ。子どもたちのために、このお屋敷を）

『理由』は子どもたち側ばかりでなく、あちこちにあるのだ。それを一つずつ見つけて、一つずつ解決していく。途《と》方《ほう》もないことのように思えたが、何をすればいいのか見当もつかなかった昨日よりましだ。

ティアナはこれから何をすべきか考えながら、ギャラリーの中を進んだ。壁には高名な画家の絵だけでなく、公爵家の人々の肖像《しょうぞう》画《が》も多く飾られていた。一つ一つ眺めながら、ゆっくり歩く。

この時になって、ティアナはこの場所が『とても歩きやすい』ということに気づいた。彼女が履いているのは皮の靴。特に雨の日は湿気《しっけ》を帯びて、大理石や木の床の上で滑りそうになる。子どもたちがはいているのも、似たような皮の靴だ。

（そっか）

彼らは美術品を荒らすためにここへ来たのではない。雨の日にも自由に走り回れるうえに、動きやすい場所だからここに来たのだ。

（子ども部屋の床は板張りだわ。しかも、いつもピカピカに磨《みが》き上《あ》げられている……）

一つ、『理由』を見つけた。

その日、子どもたちが眠った後。ティアナは執事とフットマンたちを総動員して子供部屋の模《も》様《よう》替《が》えを行った。彼らを起こさないように音を立てずに作業をするのは大変だったが、なんとか夜明け前には終えることができた。

「なにこれ」

「なんにもないじゃん」

その日は早い時間に起きてきた二人が、すっかり様変わりしたリビングを見て声を上げる。

彼らが驚くのも無理はない。リビングルームの家具や装飾品は全て撤去《てっきょ》し、板張りの床の上に絨毯を敷きつめたのだ。

「この方が、広くて遊びやすいかと思いまして」

ニコリと笑ったティアナに、ジークハルトが首を傾げる。

「でも、座るところがない」

これにも、ティアナは笑顔で答えた。

「あちらにどうぞ」

ティアナが指さしたのは部屋の隅《すみ》。そこだけ厚めの絨毯が敷かれ、クッションを並べてある。

「お食事は食堂で召し上がられますし、問題ありません」

『書き物机も勉強部屋にあるので問題ない』という言葉は飲み込んだ。彼らが自分で学びたいと言うまで、授業のことは口にしないとティアナは決めているから。

またしてもニコリと笑ったティアナに、今度こそ子どもたちは顔をしかめた。

「変なの」

「床が絨毯なんて」

そう話していた二人だったが、すぐにこのリビングを気に入ったようだった。走り回ったり、ゴロゴロと転げまわったり、クッションを投げて遊んだり。次第に遊び方が激しくなってクッションが破れて羽毛が舞ったが、それでもティアナは笑顔を絶やさなかった。それどころか、彼らのために古新聞を準備してやった。ティアナが古新聞を一枚、ビリっと勢いよく破ってみせる。途端《とたん》、子どもたちの表情がパッと明るくなった。

「ちょうだい！」

「僕も！」

彼女から奪《うば》い取るようにして古新聞を手に取り、次々と破いていく。その様子をフットマンたちはポカンと口を開いて見ていた。破れた古新聞……ゴミの山ができていくのを見て、また険しい表情を浮かべる。

夜になると、子どもたちは遊び疲れてリビングで眠ってしまった。フットマンの手を借りて子どもたちを寝室に運び、ベッドに寝かせる。ティアナがリビングに戻ると、フットマンたちがゴミの山を見て溜息を吐いていた。そして、ティアナの方に恨みがましい視線を寄越す。

ティアナは肩をすくめて、また笑顔で言った。

「クッションを破いて遊ぶより、ずっとましよ」

フットマンたちが互いに顔を見合わせる。彼女の言に一理あると思ったのだろう。紙ごみなら、集めて燃やせば済む。クッションならそうはいかない。破れた布を繕《つくろ》い、羽毛を集めて詰め直さなければならないのだから。

ティアナがゴミの片づけを始めると、フットマンたちも慌てて手伝った。部屋中に散らばった紙くずを集めて、箱に詰めて、運び出す。破いた古新聞は嵩《かさ》が何倍にもなるので、それを何度も繰り返す必要があった。それでもティアナは笑顔を絶やさなかった。

「子どもなんだから、物を壊したり破いたりするのは当たり前のことだわ。壊されたくないものから遠ざけるのも一つの方法だけど、壊してもいいものを渡してあげるのも、悪くないと思うの」

彼女の独り言のような言葉に、またフットマンたちが顔を見合わせた。

「坊ちゃまたちは、もっと子どもらしいことをしなければならないと思うの。そう思わない？」

誰もティアナの問いかけには答えなかった。彼らには答える権限がない、という以上に戸惑《とまど》いがあったからだろう。

そこへ、子ども部屋の執事が戻ってきた。彼もゴミの山を見て、深い溜息を吐く。そして険しい表情のままティアナの方を見た。

「旦那様がお呼びです」

（そうだと思った）

この若い執事は、昨日と今日の様子をしっかり公爵に報告したのだろう。だとすれば、呼び出されるのは当然のことだった。家庭教師として雇われているのに、彼らに何も教えていないのだから。

公爵のリビングルームでは、モーリッツが二人分の紅茶を用意して待っていた。公爵は彼に呼ばれてようやく書斎から出てきて、いつもの無表情のままでソファに腰掛《こしか》ける。

「座りなさい」

公爵に言われて、ティアナは渋々ソファに腰掛けた。

（長居したくないのに）

ペトラとエルザが彼女の帰りを部屋で待っている。二人のメイドは、ティアナが食事を終えて就寝するまで休むことができないのだ。

「授業をしていないと聞いた」

「はい。間違いございません」

少しばかりとげとげしい声音になったのは仕方ないことだ。

（気になったなら、子どもたちが起きている間に子ども部屋に来ればいいのに）

と、今日もこの父親に苛立っているのだから。

「私は、君を家庭教師として雇ったはずだ」

「はい。それも、間違いございません」

公爵が怪訝そうな表情で問いかけ、対するティアナはツンと不機嫌そうな表情で返事をする。

（ここが社交界なら、もっと上手くやるのに）

表情を取り繕うのは別に苦手ではないはずなのに、ティアナはどうも彼の前では上手く感情を隠《かく》すことができないのだ。

「理由を聞いても？」

ティアナが公爵の問いに答えようとして顔を上げると、ふと彼の着ている上着が目に入った。紺地に金の刺繍の上着だ。

——ガタンッ！

ティアナが勢いよく立ち上がると、ソファが大きな音を立てた。それに構うことなく、ローテーブルに手をついて身を乗り出す。

「な、なんだ」

戸惑う公爵のことなど構わずに、ティアナはその上着の刺繍を凝視《ぎょうし》した。

「同じ、だわ」

昨日、子どもたちが選んだ服と、同じ柄の刺繍が施されていた。細部のデザインは異なるが、同じ色合い、同じ柄の刺繍の服だ。

「モーリッツさん！」

「は、はい！」

急に呼ばれて、モーリッツが慌てて返事をする。

「この服は、いつ仕立てたものですか？」

「昨年の冬頃、だったかと思います」

彼の返事を聞いて、ティアナは確信した。また一つ、『理由』を見つけたのだ。

（お二人が服だけはきちんとしたものを選ぶ理由は、これだったのだわ。……お父様と、同じ服を着たかったのね。それはどうして？　お父様に構《かま》ってほしいから？　それとも憧《あこが》れ？）

ティアナが考え込む間、公爵は身動きが取れなくなっていた。ティアナは気づいていないが、彼の服の刺繍を細かく確認するために、身を乗り出して近づけるぎりぎりのところまで顔を寄せているので、彼はソファの背もたれとティアナの顔に挟《はさ》まれる格好になっているのだ。

「あの、この服はどこで……」

パッと顔を上げたティアナと公爵の、目が合った。近づいた体勢のままそうしたので、二人の顔と顔が触れそうなほど近い。

その瞬間、ギシリと金縛りに遭ったように、ティアナも身動きが取れなくなった。

「……」

沈黙《ちんもく》が落ちる。

アイスブルーの瞳がまん丸に見開かれて、ティアナの顔を凝視している。その瞳の中にも同じようにまん丸に目を見開いた自分が映っていた。

どれくらいそうしていただろうか。数秒だったかもしれないし、数時間だったかもしれない。

それほど、ティアナの頭は混乱していた。

「そ、そちらの服は！」

沈黙を破ったのはモーリッツだった。彼の声がした途端、ティアナはパッと弾《はじ》かれたように身体を引いた。

「きゃあ！」

あまりにも勢いよく動いたものだから、足がもつれて転びそうになった。だが、転んで頭を打つようなことにはならなかった。公爵が腕を引き、腰を支えてくれたから。

「……ケガは」

「……あ、ありません」

またしても至近距離で見つめられて、今度はティアナの顔が真っ赤に染まった。しかも今度は、腕と腰に彼の体温を感じる。こんな風に男性に腰を抱かれるのは、数か月前に出席した舞踏会が最後。その時だって、一緒に踊ったのは父と親族のおじさんばかりだったのだ。

（ダニエル様と、違う……）

彼よりも大きくて逞《たくま》しくて、温かい手だ。ティアナは、切なさに心臓がきゅうっと締め付けられた。

（まさか、こんな時に彼のことを思い出すなんて……！）

同時に悔《くや》しい気持ちにもなった。未《いま》だに、彼のことを吹っ切れずにいるのだと分かったから。

ティアナは冷静になろうと、深く息を吸って、そして吐いた。そうすることで、頭の中がすっきりして、自分の置かれた状況が理解できる。

（転びそうになったのを、助けていただいただけよ）

それだけだ。それ以上の意味など、一つもない。

「もう大丈夫です。ありがとうございます」

ティアナの、いっそ冷たいとも思える声に公爵の腕がピクリと震える。だが、彼女の腰から手をどかそうとはしなかった。

「そうか」

また、沈黙が落ちる。

「大丈夫ですから」

「あ、ああ」

ティアナが繰り返し伝えると、公爵がパッと手を離した。二人は互いに視線を逸《そ》らしながらじりじりと距離をとり、そして元通りに座り直す。その様子を見守っていたモーリッツがゴクリと喉を鳴らす音が静かな部屋にやけに響いた。

「そ、そちらの服は、メゾン・アルマでご注文なさったものです」

モーリッツが口ごもりながらも、何事もなかったかのように話を続けてくれた。ティアナはこれ幸いとばかりに、それに乗ることにした。

「メゾン・アルマですかぁ！」

芝居《しばい》じみた仕草と声だったが、これでなんとか場の雰囲気《ふんいき》を元に戻すことができた。少なくとも、ティアナとモーリッツの二人は。公爵の方は相変わらず無表情なので何を考えているのか分からない。

「どうりで素敵なお洋服だと思いました！」

『メゾン・アルマ』は、首都で絶大な人気を誇《ほこ》るブティックだ。デザイナーのアルマ女史《じょし》が手掛けるドレスを誰もが欲しがっているが、注文の予約が一年先まで埋まっているらしい。特に彼女がデザインした刺繍は、唯一無二の美しさと言われている。

「では、お子様たちの服も？」

「はい。他の仕立て屋を呼ぶこともありますが、最近では『メゾン・アルマ』で注文することが増えましたね」

「そうですか」

ティアナはまた考え込んだ。子どもたちは父親を真似《まね》て服を選んでいる。理由は定かではないが、彼らが父親との何らかのつながりを求めていることは間違いないだろう。

（旦那様が子ども部屋に来てくれたら……）

何かが変わるかもしれない。だが、公爵はかたくなに子ども部屋に顔を出そうとせず、子どもたちともめったに顔を合わせない。

（その『理由』も、きちんと聞かなければ）

質問しようと口を開きかけたティアナだったが、彼女よりも先に言葉を発したのは公爵の方だった。

「興味があるのか」

急な問いかけに、ティアナは首を傾げた。

「はい？」

「『メゾン・アルマ』の服に興味があるのか」

「ないわけではありませんけど」

ティアナは質問の意図を測りかねて、また首を傾げた。美しいものは好きだ。だが、今は身に着ける機会がないので、それほど強い興味があるわけではない。強いて言うなら。

「アルマ女史には、一度お会いしたいと思っています」

彼女は国一番のデザイナーとして、その名が知られている。同時に、『不妊の女性』としても有名だ。三年ほど前、『メゾン・アルマ』をオープンするまでの半生を記した自伝を出版したのだ。そこには自分が不妊であること、それゆえにひどい差別を受けてきたこと、それでもデザイナーとして成功するまでに血の滲むような努力をしたことが、彼女自身の言葉で綴られていた。

平民出身で労働の義務を負う不妊の女性でありながら、国中の女性の憧れの的となった彼女は、働くことを選んだティアナにとってロールモデルともいうべき人物なのだ。

「そうか」

「はい」

再び沈黙。

（そもそも、何の話をしていたのだったかしら？）

再び考え込んだティアナに、公爵が小さく息を吐く。

「子どもたちの授業のことは」

言われて、『そうだった、その話だった』とティアナは心の中で手を打った。

「何か考えがあるんだな」

ティアナがそうだと返事をする前に、公爵は紅茶を一気に飲み干して立ち上がった。

「話は以上だ」

「え、あの……」

それではいけない。ティアナの方には、まだ公爵に話したいことも聞きたいこともあるのに。引き留める彼女の方を振り返ることなく、公爵はさっさと寝室に入ってしまった。追いかけるわけにもいかず、ティアナとモーリッツは気まずい空気と共にリビングルームに取り残された。

モーリッツの方を振り返ると、軽く肩をすくめて首を横に振った。今日はこれ以上話をすることは無理だということだ。

ティアナは深い溜息を吐いて、疲れた足を引きずって自分の部屋に戻っていった。

（結局、何も話せなかった……）

と、肩を落としながら。だが、落ち込んでばかりはいられない。

（次こそは、きちんと子どもたちのことを話さないと！）

ティアナは両手を握って、自分に活を入れたのだった。


ところが、それから二週間たっても公爵と話をする機会は巡《めぐ》ってこなかった。仕事で忙しいと言って、なかなか会ってもらえなかったからだ。公爵は相変わらず子ども部屋に顔を出すことはなく、一緒に食事をすることもない。

仕方なく、ティアナはモーリッツに聞いてみることにした。公爵が頑《かたく》なに子どもたちに関わろうとしない理由を。

子どもたちが昼寝をしている間にモーリッツの仕事部屋を訪ねる。用件を伝えると、彼が案内してくれたのは図書室だった。本館二階西、公爵の部屋の隣《となり》に位置する図書室には、多種多様な本がぎっちり詰まった本棚が並んでいた。

「まあ、すごい」

ティアナは思わず声を漏らした。彼女の実家であるシュミット伯爵家にも図書室はあるが、くらべものにならないほどの蔵書量だ。

「こちらへどうぞ」

モーリッツについて奥に入ると、扉付きの本棚があった。扉には錠《じょう》がかかっている。

「これは？」

「歴代のご当主様の手記や会計簿など、内々の文書を仕舞っている書架《しょか》です」

驚くティアナを尻目にモーリッツが鍵《かぎ》を開く。

「私が拝見してもよろしいのですか？」

「はい。旦那さまからは、家庭教師の方には必要があれば公爵家の全てをお見せするようにと仰《おお》せつかっております」

「では、これまでの家庭教師の方にも？」

「いいえ。これまでは、必要になる前にお辞めになる方ばかりでした」

苦笑いを浮かべるモーリッツに、ティアナも小さく肩をすくめた。

「こちらは奥様の手記です」

モーリッツが取り出したのは、皮表紙のノートだった。

「離婚された、奥様の？」

「はい。いつか坊ちゃまたちにお見せするように、と言って残していかれました」

ノートはティアナの親指二本分くらいの厚さだった。

「この館にいらしてから、毎日書かれていたようです」

モーリッツはティアナにノートを手渡して、再び書架に鍵をかけた。

「旦那様も読まれたのですか？」

この問いには、モーリッツは苦笑を浮かべて首を横に振っただけだった。彼は、一度は公爵に読むように勧めたのだろう。だが、その反応は想像するまでもないとティアナは思った。

「他の本も、ご自由にご覧になっていただいてかまいません」

話題を変えるようにモーリッツがニコリと笑った。

「よろしいのですか？」

「はい。そのための図書室ですから。ご入用の本があれば、おっしゃっていただければ購入することもできますので」

「ありがとうございます」

「礼には及びません。お困りのことがあれば、いつでもおっしゃってください」

モーリッツは丁寧《ていねい》な礼をとって、図書室を出ていった。それとすれ違うようにフットマンが紅茶と焼き菓子を運んできてくれる。

(本当に、仕事のできる方だわ)

紅茶はこのまま図書室で手記を読みふけることになるティアナへの心遣いだ。ここへ案内する前にさりげなく手配していたのだろう。ティアナはありがたく紅茶で一服しながら手記を読むことにした。ちょうど、午後のティータイムの時間でもある。

手記を開くと、乾《かわ》いた紙の音と古いインクの匂いがした。定期的に虫干ししているのだろうが、それでも何年も前に書かれたものなのだと分かる。

最初のページの日付は、六年前の春だった。

『最悪の結婚式だった』

という書き出しに思わず目を剝く。

『あの人ったら、私の顔を見もしない。そりゃあ、『婚姻統制法《こんいんとうせいほう》』で無理やり結婚させられたうえに、相手は西部の田舎《いなか》の貧乏《びんぼう》子《し》爵《しやく》家《け》の娘だった、ともなれば思うところもあるでしょうけど。だったら、私の顔を見て文句の一つも言えばいいのに』

続く文章も、文字こそきれいだが若い女性らしい気安い文体で書かれていた。

(誰かに見せるために書いたものじゃないわ。本当に、自分の日記として、日々思ったことを綴ったものね。……こんなものを子どもたちに見せるつもりで残していったって言うの？）

　ティアナは懐疑的《かいぎてき》になりながらも、その先を読み進めていった。

『早く子どもを産みたい。早く故郷に帰りたい。……早く、彼のもとに帰りたい』

　最初のページは、そう締めくくられていた。

（故郷に想い人がいたのね。だから出産後、すぐに『自由恋愛』の権利を使って離婚した……）

　もしかしたら、その相手も結婚していたかもしれない。だが、『自由恋愛』の権利を持つ女性に求婚された男性は無条件で妻と離婚して、その女性と結婚することができる。

（最初から、旦那様と家庭を築くつもりなんかなかったんだわ）

　一人の女性として理解はできる。本当に愛した男性と結ばれたいと願うことは、決して悪いことではない。だが、そのために犠牲《ぎせい》になった子どもたちがいることも事実だ。

　ティアナは苛立ちを覚えながらもページをめくった。

『子作り、子作り、子作り……もう、うんざりだわ』

　その一言で始まるページには、乱雑な文字が並んでいた。

『あのおじさんも、あのおばさんも、うるさいったらない！』

　どうやら、親族から子どもはまだかとせっつかれたらしい。

『私は牝馬《めすうま》か？　だとしたら公爵閣下《かっか》は種馬《たねうま》ね』

　と、とても子どもには見せられないような単語まで登場する。

『結婚って、なに？　家族って、なに？』

最後の行のインクが滲んでいた。

『今日はお医者さんの診察があった。……妊娠してるって！　うれしい！』

今度のページには今にも踊り出しそうなほど元気な文字が並ぶ。

『彼のもとに帰れる！』

ティアナは、思わずノートを閉じた。

（こんなもの、子どもたちに見せられるはずがない！）

心の中で叫んで、咳《せき》ばらいを一つ。そして、紅茶を一口、焼き菓子を一つ口に含んだ。爽《さわ》やかなレモン風味の、柔らかいクッキーだった。

（美味《おい》しい……）

甘いもので荒《すさ》んだ心が落ち着いたところで、ティアナはもう一度ノートを開いた。

（旦那様のことを知るために、モーリッツさんが必要だと言って出してくれたものよ）

せめて、最後まで読まなければならない。どれだけ腹が立ったとしても。

『きもちわるい。何も食べられない。妊娠がこんなに大変だなんて聞いてない』

つわりの間は、本当に大変だったらしい。文章の量が格段に減ってしまった。毎日書くことは続けていたようだが、震える文字で『つらい』と、一言だけが書いてあるページもあった。

『やっと食事が食べられるようになった。お芋をこんなにも美味しく感じたのは初めてよ！』

一か月ほどでつわりは落ち着いたらしい。徐々に文字量は増え、文章に活気も戻ってきた。

同時に、公爵への文句も増えていった。

『子づくりが終わったら、私は用なしですか？　食事も別々、寝室も別々で全然顔を合わせる機会がないじゃない。書斎を訪ねても忙しいとか言って門前払いだなんて！』

妊娠した妻にも、めったに会わなかったらしい。

『ようやく旦那様をつかまえた！　どうして私に会いに来ないのかって聞いたら、君にとってはただの夫だろう、ですって！　そうよ、あなたは私の夫なのよ！　身重の妻を気遣うくらいのことしなさいよ、って言ってやったわ！　そしたら、何も言わずに部屋に引っ込んじゃった！　信じられない！』

無表情の公爵に眉を吊《つ》り上げた妻が詰め寄る場面が、ありありと想像できる。そして、何も言わずにその場を去った公爵の姿も。

『だけど、変なのよね』

続く文章に、ティアナは少し身を乗り出した。

『私のことが嫌いだから避けてるんだと思うのよ。でも、私の部屋には毎日のように旦那様からだっていう贈り物が届くし、まだ性別も分からないのに産着《うぶぎ》や玩具《おもちゃ》も贈られてくる。食事もとんでもないほど高級な食材が使われてるし、メイドの人数が増えて私は指一本動かさなくても生活できるようになっちゃった。まるでお姫様みたいな扱いだわ。モーリッツに聞いたら、ぜんぶあの人の指示だって言うじゃない。……いくら自分の子どもを産んでくれる女だっていっても、嫌いな相手にここまでする？』

確かに、ここに書いてある公爵の言動と行動はちぐはぐだ。今、ティアナが感じている違和感と似ている。ティアナは首を傾げながらもページをめくった。

『……かわいそうな人』

次のページは、静かな印象の文字で始まった。

『どうして私を避けるのって今日も詰め寄ったら、あの人、こう言ったのよ。……どうせ、君もいなくなる人だろう、って』

ティアナははっとして、食い入るようにそのページを読んだ。公爵の、本音だ。

『旦那様のお父様とお母様は彼が四歳の時に離婚して、お母様は公爵家を去った。お二人ともすぐに再婚したけど、……お父様の新しい妻は、彼と一緒に暮らすことを望まなかった。だから、彼は一人でこの館に残された』

まさか、四歳の子どもを一人残して、両親が去ったというのか。確かに、実質的に子どもの世話をするのは使用人や家庭教師の仕事なので不可能ではない。

(でも、まさか、そんな……)

ティアナにとっては、あり得ないことだった。

『家庭教師がついていたけど、懐《なつ》けなかったらしい。公爵家の嫡男だからって、まるで腫《は》れ物《もの》に触《さわ》るみたいに扱うから。いつも二歩も三歩も離れたところで、彼に必要なことを教えてくれるだけだったって。その家庭教師も彼が七歳の時に辞めて、今度はもっと専門性の高い男性の家庭教師が来るようになった』

文字が、少し震えている。

『彼は、人はどうせ去っていくものだと思ってる。家族でさえ。だから、必要以上に近づくことを恐れているんだわ。いつか去っていくから、心を開く必要がないと思ってる。いつか必ず来る別れの日に怯《おび》えていると言ってもいいわね……。なんて、かわいそうな人……』

最後の行は、またインクが滲んでいた。

その次のページからは、柔らかくて優しい言葉が増えていった。

『今日は旦那様を誘って庭を散歩した。嫌がってたけど、妊婦が転んだらどうするのって脅《おど》したら、渋々《しぶしぶ》ついてきてくれたわ』

『初めてお腹《なか》の赤ちゃんが動くのを感じた！　びっくりしてお医者さんにみてもらったら、もっとびっくり！　双子だって！　旦那様に伝えたら、ちょっと嬉しそうに笑った……気がする！』

『また産着が届いた。こんなデザイン、私の趣味《しゅみ》じゃないって、言ってやったわ。そしたら、デザイナーを館に呼びつけるもんだから笑っちゃった。二人で赤ちゃんの産着に使う布地を選んだ。絹地だけでも何十種類もあって、見てるだけで目が回りそうだったけど、……楽しかった』

公爵の本音をきっかけに、二人の関係が変わったことが分かる。彼らは、本当の夫婦として歩み出したのだ。

（なら、どうして離婚したの？）

故郷に想い人がいるのだとしても、公爵と二人で幸せな家庭を築《きず》くことになってもよかったはずだ。ティアナは焦《じ》れる思いを抱えながら、手記を読み進めた。

　答えは、出産後のページに書いてあった。

『離婚、ですって』

　そのページは、書き出しからインクが滲んでいた。

『そうだわ。忘れてた。私ったら、初夜の晩に言ったのよ。恋人がいるから子どもを産んだら離婚してくれって。子どもたちも、取り上げられちゃった。そりゃ、離婚するなら子どもは父親が育てるもんだけどね。でも、まだ産まれて一か月よ？』

　あっちもこっちもインクが滲んでいるページはとても読《よ》み難《にく》かったが、気にならなかった。ティアナも、彼女と同じように涙が滲んでいたから。

『でも、私、ここに残るって言えなかった……！』

　彼女の心の叫びに、ティアナの胸がぎゅうっと締め付けられる。

『子どもたちと一緒にいたい。でも、彼のことも諦められない。どっちも決められない。……そんな私の浅ましさが分かっていたのね、あの人は。君は恋人のところに帰るべきだ。君自身が幸せになるべきだ、ですって』

　次の行は書いてから線で消されていた。

『こんな時にも冷たい人！』

　その言葉を線で消した後、こう書き足されていた。

『違う、そうじゃない。これは、彼の優しさだ。決められない私の代わりに決めてくれた。背中を押してくれたんだ』
　ページをめくる。これが、最後だ。

『愛されたことがなくて、愛することに怯えている、かわいそうな人。

それなのに、深い深い優しさを持っている人。

それが、あなたたちのお父様です。

チグハグの、ちょっとズレた人に見えるでしょう。

だって、自分は愛を知らないと勘違いしているんだから。

本当はちゃんと分かっているのにね。

愛とは、何なのかを。

だから、どうか。

お父様の心の中にある愛を信じてあげて。

どれだけ言葉が少なくても。

どれだけ表情が乏《とぼ》しくて何を考えているのかが分からなくても、ね』

最後まで読み終えて、ティアナは静かにノートを閉じた。時間は夕方になろうとしていた。

「……戻らなきゃ」

そろそろ、子どもたちが起きてくるだろう。今日もまた、夜は眠れずに騒《さわ》がしくするに違いない。

ティアナは、目尻に滲んだ涙をハンカチで拭《ぬぐ》った。こんな泣き顔を子どもたちに見せるわけにはいかないから。

（だから、子どもたちと距離を置いているのね）

彼は今もなお、自分は愛を知らないと勘違いしたまま、誰かと心を近づけることに怯えている。子どもたちはいつか自分のもとから去っていくから。それ以上に、自分はいつか子どもたちのもとから去っていくかもしれないから。近づけば、自分が子どもたちを傷つけることになると思っているのだろう。

（優しさが、ズレてるわ……）

そう思ったが、だからと言って何をどうすればいいのか皆目見当もつかない。

ティアナは深い溜息を吐いて、ノートを手に立ち上がった。しばらく借りていこうと思ったのだ。

その時だった。

「見つけた！　俺の勝ち！」

「えー！」

子どもたちが図書室に雪崩《なだ》れのような勢いで入ってきた。どちらが先にティアナを見つけるのかを勝負していたらしい。

「申し訳ありません。少し用事があって」

ティアナは子ども部屋を不在にしたことを謝ったが、その点は特に気にしていなかったらしい。

「別に」

「ティアナがいなくても」

「なあ」

「どうせ、勉強なんかしないんだし」

と話しながら、図書室の中を物珍しそうに見回している。彼らは勉強嫌いなので、図書室に来るのは初めてなのかもしれない。それに気づいたティアナは、本棚から一冊の本を出して開いて見せた。

「これは、動物の図鑑です」

「ずかん？」

「なにそれ？」

二人が珍しくティアナの言うことに素直に反応する。

（目新しいことには、反応がいいのね）

ティアナは心の中で、彼らの興味を引けたことを喜んだ。だが、それを表情には出さずにいつも通りの笑顔を見せた。

「様々な動物の名前や暮らしている場所、食べるものなどが載っている本です」

ティアナがぺらぺらとページをめくるたび、子どもたちの目がキラキラと光った。

（これは、もしかして）

彼らの学ぶ意欲を刺激することになるかもしれない、そう思ったティアナだった。ところが、次の瞬間、その期待は見事に裏切られる。

――ビリッ！

ジークハルトが、図鑑のページを破いたのだ。

「……！」

思わず大きな声を上げそうになったティアナだったが、なんとか声が漏れる前に押しとどめることができた。彼らが何をしても叱らないと決めているのだ。

ジークハルトに続いてアルノルトもページを破いた。

「坊ちゃま」

ティアナが声をかけるが、それをまるで無視して二人でページを破り続ける。彼らの後ろでは、執事とフットマンが呆れた表情を浮かべていた。その視線は、子どもたちだけに向けられたものではない。何をしても叱らないティアナに、呆れているのだ。

「坊ちゃま」

もう一度声をかけると、ようやく二人が手を止めた。

「なんだよ」

「だめなの？」

「この前は、たくさん破かせてくれたじゃん」

先日の古新聞のことを言っているのだ。確かに、あの時は彼らの気が済むまで破かせた。

三人の様子を見守っていた使用人たちの表情がさらに険しくなって、『お前のせいだ』と言いたげな冷たい視線がティアナに集まった。それでも、ティアナはニコリと微笑んでみせた。

（負けないわ）

心の中で、自分に言い聞かせる。

「先日破いたのは古新聞です。もういらないものですから、どれだけ破いても誰も困りません。でも、これは皆さんが読まれる本です。破いてしまっては、読み難くなると思いませんか？」

問われた子どもたちが、ギュッと眉をひそめた。そして、その視線がビリビリに破かれた図鑑に向けられる。

「新しいのを買えばいいだろ！」

ジークハルトの言葉にアルノルトも頷く。ティアナも一つ頷いて、本の最後のページを開いた。

「こちらをご覧ください」

奥付のページに、一人の人物の署名と短いメッセージが書き足されていた。

『よく学び、よく遊べ。クリスティアン』

意味が分からず、二人が首を傾げる。

「クリスティアン様は、七代前のご当主様です。この本は、その方が誰かにプレゼントしたものですね」

ティアナは二人が破いたページを一枚ずつ拾い、あるべきページを探して挟んでいく。

「本は、ただの本です。ジークハルト坊ちゃまのおっしゃる通り、読めなくなれば捨てればいいし、新しいものを買えばそれで済みます。けれど、この本には今日までにたくさんの思い出が詰まっていて、これからもたくさんの思い出を作る機会が与えられるはずでした」

淡々と語る静かな声を聴きながら、二人は顔を見合わせた。そして、少しばかり眉を下げるのが見えたが、それは一瞬のことだった。

「ティアナのバカ！」

「知らない！」

二人は大きな声で怒鳴って、図書室から走り去っていった。二人の後ろをフットマンたちが追いかけていく。その際、ティアナの方に恨《うら》みがましい視線を残していくことは忘れなかった。

ティアナは大きく息を吐き、もう一度あのノートを見た。わがままや悪戯を厳しく叱ってもいいのだ。そうして根気強く分別を教えていく方法も間違いではないだろう。

（でも、それじゃあダメよ。絶対に）

今の彼らに必要なものは、厳しいしつけや教育ではないのだ。

じわりと瞳の奥が熱くなった。自分の無力が情けない。それでも自分にできることをするのだと、何度も自分に言い聞かせて、滲んだ涙を袖口でグイっと拭った。

破れた動物図鑑とノートを胸に抱きしめて、ティアナは図書室を後にしたのだった。

第三章 当たり前のこと

ティアナが公爵家《こうしやくけ》の家庭教師になって、一か月ほどが過ぎた。しかし、子どもたちの様子は何も変わっていなかった。朝は遅くに起き、手づかみで食事をして服を汚し、畑や庭を荒らし、家の中では家具や置物を壊《こわ》した。それでも、ティアナは二人を厳しく叱《しか》らなかった。彼らがすることを笑顔で見守り、悪いことや危ないことをしたときには結果として何が起こったのかを淡々と説明する。だが、決して『やってはいけない』とは言わなかった。

そんな彼女のやり方に、使用人たちは不満を抱いているようだった。せめて子どもたちが厳しく叱られる場面を見れば溜飲《りゆういん》が下がるのに、ティアナはそれをしないから。

さらに、公爵はティアナを避け続けていて、まともに話ができない日々が続いていた。ティアナを取り巻く状況は何一つ変わらない。変わらない子どもたちと日に日に冷たさを増していく使用人たちの視線にさらされて、ティアナは身体《からだ》だけでなく心も疲れはじめていた。

『メゾン・アルマ』のデザイナーと従業員が大挙《たいきよ》して館にやってきたのは、そんな折の出来事だった。ティアナが遅い昼食を食べるために部屋に戻ると、彼らが待っていたのだ。

「な、なに？」

自分の部屋に十人近くの人がぎゅうぎゅう詰めになっている光景に驚《おどろ》いて、思わず声を上げた。

「まあ、ティアナ様！　お待ちしておりました！」

その中心にいた眼鏡《めがね》の女性が満面の笑みを浮かべて迫《せま》ってきたので、今度は逃げ出そうと足を引く。そんな彼女を逃がすまいと、両側からがっちりと肩《かた》をつかんだのはペトラとエルザだった。二人にぐいぐいと押されるように部屋の中に入ると、あっという間に衝立《ついたて》で囲まれてしまった。男性たちは衝立の外、女性たちは中に入って、さらにティアナを追い詰める。

「さあ、採寸《さいすん》を始めましょう！」

「ちょ、ちょっと待ってください！」

眼鏡の女性が両手をあやしく動かしながらさらに迫ってきたので、さすがのティアナも大きな声を上げてしまった。その声に、女性がきょとんと眼を見張る。

「どうされましたか？」

「これはいったい、何の騒《さわ》ぎですか？」

女性は首を傾《かし》げてから、ぽんと手を打った。

「申し訳ございません。まだ名乗っておりませんでしたね。私、デザイナーのアルマと申します」

その名を聞いて、ティアナは大きく目を見開いた。

「まさか、あのアルマ女史ですか!?」

「はい。そのアルマでございます」

アルマが嬉《うれ》しそうに手を叩《たた》いて笑うので、思わずティアナも笑顔になる。

「お会いできて光栄です」

「私も、とっても嬉しいですわ。こうして縁を結んでいただいた公爵様に感謝いたします」

その言葉に、今度はティアナの表情から色が消えた。

「まさか」

「はい？」

「公爵様のご依頼でいらしたのですか？」

一気に不機嫌になったティアナの様子には気づかずに、アルマは嬉しそうに続けた。

「はい。ティアナ様の採寸をして、公爵家の顧客《こきやく》情報用紙に追加するようにと承《うけたまわ》っております！」

（つまり、また私にドレスを贈《おく》ろうとしているわけ!?）

やめてくれと言ったのに。

（そもそも、それ以前にやるべきことがあるでしょうが！）

子どもたちはおろか、ティアナにも会おうとしない。必要な話はモーリッツに伝えてくれと言うばかりで、子どもたちの教育について話し合うこともできない状況が続いているのだ。

「ティアナ様、採寸だけです。採寸だけ！」

ティアナの様子に気づいたペトラが慌《あわ》てて補足《ほそく》する。その隣《となり》でエルザもうんうんと繰《く》り返《かえ》し頷《うなず》いた。

「何かあったときのために、採寸するだけ。本当にそれだけですよ！」

だが、ティアナは納得できずに眉《まゆ》をひそめた。

「でも、おかしいじゃない。私の寸法を公爵家の顧客情報に追加する必要などないじゃない？」

「もちろん、ございます！」

答えたのはアルマだった。

「ティアナ様は公爵家の家庭教師でいらっしゃいます。今後、ティアナ様が社交界に出るときには、否《いや》でも応《おう》でも『公爵家の家庭教師』として見られます。あなたの評価が公爵様の評価につながると言っても過言《かごん》ではございません。であれば、公爵家にふさわしい装いをしていただく必要があるのでございます！　……ああ、なんて美しい栗色《くりいろ》の髪。きっと明るい色がお似合いになるわ。榛色《はしばみいろ》の瞳《ひとみ》がシャンデリアを反射する様は、まるで妖精が夜空を舞うように美しいのでしょうね。刺繍《ししゅう》は金糸？　それとも銀糸？　文様は何がいいかしら……」

呼吸の間もなくしゃべり続けるアルマに、ティアナの頬《ほお》がひくりとひきつった。

「とにかく、私にお任せください！　……今日は採寸だけですが」

その点だけは気に入らないらしい。とはいえ、ティアナはそれ以上抵抗するのはやめた。言われた通りにドレスを脱いで下着姿になり、上を向いたり下を向いたり腕《うで》を広げたり屈《かが》んだり、隅々《すみずみ》まで寸法を測るために様々なポーズをとったのだった。

全ての寸法を測り終わったのは、小一時間ほどたった頃《ころ》だった。ようやく解放されて、ドレスを着せてもらいながらティアナは深い溜息《ためいき》を吐《つ》く。

「……ドレスはお嫌いですか？」

アルマの問いに、ティアナは慌てて首を横に振った。

「いいえ。嫌いなわけではなくて。……私には、もう必要ないものですから」

「ふむ」

アルマは顎《あご》に手を当てて少し考えてから、ティアナを鏡台の前に座らせた。そのまま、彼女の髪をほどきはじめる。

「あの、何を……」

「まあまあ。これはサービスですわ」

言いながらアルマはブラシを手に取り、ティアナの髪をすいていく。

「ティアナ様は、私のことをご存じですか？」

「もちろんです。この国一番のデザイナーですよね？」

戸惑《とまど》いながらも、ティアナは鏡越しにアルマの顔を見た。眼鏡の奥の茶色い瞳が、優しい色をしている。

「ええ。そして、あなたと同じ不妊の女です」

一瞬で室内の空気が変わった。それは誰もが知っていることだが、本人を前にして口にすべきことではないと、この場にいる全員がわきまえていたからだ。その本人が口に出すとはつゆほども思っていなかった。

アルマは周囲の反応など気にもとめず、ティアナの髪を軽くまとめると、彼女の肩をもみ始めた。

「あら。やっぱり」

「え？」

「ガッチガチですわ！」

と、ティアナの硬《かた》くなった肩回りの筋肉を、手のひらの付け根を使って強くもみこんでいく。

「いたっ、あの、い、いたいです……！」

必死で訴えるティアナのことなど構うことなく、アルマは彼女の肩をもみ続けた。

「とても張っていますから、ほぐさないと」

「いえ、あの、でも、い、いたい、です」

「はい、ちょっと我慢《がまん》してください」

二人の様子をペトラもエルザも、『メゾン・アルマ』の従業員たちも、誰も止めなかった。

微笑《ほほえ》ましく見守っているだけで。

「ティアナ様」

肩をもみながら、アルマが鏡越しにティアナの顔を見た。

「肩に力を入れ過ぎなんですわ」

アルマの手つきが、徐々に柔《やわ》らかくなっていく。

「自分は不妊だから、働かなきゃならないから、そうでなければ誰にも認めてもらえない、何かを成せなければ自分には価値がない」

ビクリと震《ふる》えたティアナの肩を、アルマが優しく撫《な》でる。

「……私もそうでした」

鏡越しのアルマの瞳が、何かを懐《なつ》かしむように細められる。つられるように、ティアナの眉もくしゃりと歪《ゆが》んだ。

「あなたも？」

「はい。がむしゃらにやっても、何も上手《うま》くいかない。毎日毎日、自分の運命を呪っていた頃がね」

アルマは再びブラシを手に取って、ティアナの髪をすく。そして。丁寧《ていねい》にまとめて結い上げた。

「どうして私ばっかりこんな目に遭《あ》うんだろうって」

器用にくるりとまとめた髪をピンでとめていく。

「でも、全てが無駄《むだ》になるなんてことは、あり得ないと思うんです」

毛先までピンでまとめると、今度は従業員の一人が箱を差し出した。中には色とりどりのリボンが並んでいて、アルマは迷うことなく一本のリボンを引き抜いた。

「私たちは確かに不妊ですけど。他の誰もがそうであるように、今日辛《つら》くても明日は幸せかもしれない。今日上手くいかなくても、明日は上手くいくかもしれない」

彼女が結んでくれたのは、アイスブルーのリボンだった。ティアナの艶《つや》やかな栗色の髪に、よく映える。

「やっぱり。お似合いですわ」

ニコリと微笑むアルマに、ティアナも頷いた。綺麗《きれい》に髪を結い上げてそれに合うリボンを結んでもらった自分は、確かにさっきまでより幸せそうだ。

「私には子育てのことはわかりませんけど。何ごとも諦《あきら》めなければ、辞めなければ、いつか何かが変わる。そういうものですわ、きっと」

彼女もそうだったのだろう。彼女の自伝には、様々な葛藤《かっとう》を抱えながら、それでも諦めなかった過去の自分を赤裸々《せきらら》に語っていた。そんな彼女に、ある日チャンスが訪れた。彼女はそのチャンスを逃さなかった。諦めなかったからこそ、今の彼女があるのだ。

最後に、アルマがティアナの両肩をポンと優しく叩く。

「当たり前のことを、忘れずにいましょう。ね？」

この日から、ティアナの心が少しだけ軽くなった。アルマの言う通り、肩に力が入っていたのだ。力が抜けると、今度は自分のしてきたことがバカらしくなった。

（たった一か月で、何かを変えられるなんて。そんなわけないのにね）

子どもたちの心を理解し、その心に寄《よ》り添《そ》う。そして、彼らもまたティアナの心を理解する。それには、もっとずっと、長い年月が必要なのだ。

（何事も諦めなければ、辞めなければ、いつか何かが変わる）

その言葉を胸に、ティアナは子どもたちを見守り続けた。決して叱らず、何も強制せず。子どもたちにある変化が見られたのは、それから二週間後のことだった。

その日、ティアナが朝いちばんにしたことは厨房《ちゅうぼう》に行くことだった。

ペトラとエルザと一緒に、使用人が使う裏の階段と廊下《ろうか》を通って厨房に向かう。表の部屋とは違って床や天井は板が剝《む》き出しで、歩く度に廊下や階段が軋《きし》んだ。すれ違う執事《しつじ》やフットマンたちがティアナの顔を見て眉をひそめるが、厨房に行くのは初めてではないので慣れたものだった。

厨房に着くと、そこでは子どもたちの朝食の準備が始まっていた。その様子を横目に、ティアナが料理長を呼ぶ。

「またですかい」

中年のしかめ面の男性だった。ティアナの顔を見るやいなや、心底嫌そうな顔を向けてくる。

「はい。お子様たちの朝食のことでお願いがあります」

「はいはい。何でございましょう」

家庭教師とはいえ貴族の令嬢《れいじょう》に対して不敬極《ふけいきわ》まりないが、周囲の料理人たちは咎《とが》めるどころか同じようにしかめ面でティアナを睨《にら》みつけている。

(また、私の注文に文句を言いたいのね)

ティアナは、それが嬉《うれ》しかった。彼らはティアナが不妊だから睨みつけているのではない。

彼女が様々な注文をつけて余計な仕事が増えるのが嫌なのだ。同じ『嫌われる』でも意味が違う。今の嫌われ方が、ティアナは嫌ではなかった。

「今日の朝食はサンドウィッチにしてもらいたいの」

「はあ」

料理長が怪訝《けげん》そうな表情を浮かべる。

「しかし、公爵家のご嫡男《ちゃくなん》様のお食事です。そんな簡素なものをお出しするわけには……」

「ええ。だから、お料理は今まで通り作ってちょうだい。ただし、パンに挟《はさ》みやすいものを中心に作ってほしいの」

「どういうことですか？」

「どのお料理をパンで挟むかは、お子様たち自身で選んでいただこうと思って」

「並んだ料理から選んでパンに挟んで召し上がっていただく、ということですか？」

「そう」

「ふむ」

ティアナの考えを聞いて、料理長は顎に手を当てて考え込んだ。

「確かに、それなら体裁《ていさい》も整いますな。……それに、もう少しきれいに召し上がっていただけるかもしれません」

料理長は毎回悲惨《ひさん》な状態で戻ってくる皿を見ているので、子どもたちがどんな食べ方をしているのか、あらかた想像がついているのだろう。

「かしこまりました。まあ、やってみましょう。おい、パンを薄《うす》くカットしろ」

「ありがとうございます」

ティアナが礼を言うと、料理長はまた怪訝そうな表情を浮かべた。

「でもなあ、家庭教師さん。今までも散々いろいろ試したでしょう？」

これまで、ティアナは様々な注文をつけてきた。服を汚すような汁気の多い料理はなくしてもらったり、全ての料理を一口大にカットしてもらったり、甘いものだけの食事にしてもらったり、肉料理だけの食事にしてもらったり。そのどれもが上手くいかなかった。

「そうですね」

「今日は上手くいくのかい？」

「さあ、どうでしょう」

ティアナは笑顔で答えたのだった。


フットマンに手伝ってもらって朝食を子どもたちの食堂に運ぶ。サンドウィッチ用のパンは、手元の一番近いところに置いた。その隣には見本になるように、いくつかの料理を挟んだサンドウィッチ。そして、子どもたち用のカトラリーは一切置かなかった。

ほどなくして、着替えを終えた子どもたちが食堂に来た。二人はティアナの顔を見るやいなや、嫌そうな表情を浮かべて互《たが》いに顔を見合わせた。

（今日も辞めていないのか、とでも言いたいのかしらね）

ティアナは内心で溜息を吐きながらも、ニコリと笑った。どんな表情を向けられても自分は彼らを嫌いになることはない、何があっても自分は辞めるつもりはないのだと、伝えるためだ。

彼女の笑顔を見た二人は、再び顔を見合わせて少し気まずそうに席に座った。

「お食事をどうぞ」

席に座ると、二人はいつもと様子の違う食卓に少し驚いている。

「フォークは？」

首を傾げるジークハルトに、ティアナがまたニコリと微笑む。

「サンドウィッチですから、どうぞ手でお召し上がりください」

二人はきょろきょろと食卓を見回して、手元のサンドウィッチを見た。

「これ？」

「はい。他にも、お好きなものを挟みますから、おっしゃってくださいね」

アルノルトの視線が動いて、タラの香草焼きを見た。ティアナがさっと動いて香草焼きと野菜をパンで挟む様子を、まん丸に開かれた二人分の瞳が注意深く見つめる。

「どうぞ」

ティアナが差し出したサンドウィッチに、アルノルトがかぶりつく。一口、二口、彼がクラバットを汚すことはなかった。それを見たジークハルトはフルーツタルトを指さした。ティアナは心の中で料理長に謝りながら、タルトからフルーツだけをすくいとってパンに挟む。彼も、少しもこぼさずに一つ目のサンドウィッチを食べきることができた。

二人は次々と好きな具材を指さし、時に『これははずれだぁ！』と笑ったり、『これ美味《おい》しい』と話したりしながら、いつもよりたくさんの料理を食べた。

いつも通りフォークもナイフも使わず手で食べたのに、食後のテーブルはほとんど汚れなかった。食事を終えた頃、楽しそうな二人の様子を見ながらティアナが満面の笑みを浮かべているのに気づいて、子どもたちは悔《くや》しそうに顔を歪めたのだった。

皿を下げるフットマンたちと一緒にティアナが厨房に顔を出すと、料理長が驚いた表情を浮かべた。

「へえ！　今日は上手くいったのか！」

料理長が豪快《ごうかい》に笑う。それにつられて、周囲の料理人たちも興味深そうに下がってきた皿を覗《のぞ》き込《こ》んだ。いつもよりきれいな皿、いつもより減っている料理に感心しているのだ。

料理長が椅子《いす》をすすめてくれたので、ティアナはありがたく腰《こし》かけた。明日からの食事についても詳《くわ》しく打ち合わせたかったのでちょうどいい。すると、別の料理人が温かいコーヒーをいれてくれた。

「ありがとう」

ティアナがコーヒーを受け取ると、料理人は小さく肩をすくめた。

「あんたはこれまでの家庭教師とは違いますな」

料理長がじっとティアナを見て言う。

「それに、面構《つらがま》えも変わった。ここに来た頃は、もっと『かわいそう』な顔してたのに」

他の料理人たちも、頷いた。

「はははは！」

ティアナが嬉しそうに頬を染めると、料理長が豪快に笑った。そして、手を差し出す。

「なにか困ったことがあれば、いつでも言ってください。この屋敷《やしき》じゃあ、俺が一番の古株ですから」

その大きな手を握《にぎ》ると、ぎゅうっと力強く握り返してくれて。同時にティアナの手に温《ぬく》もりが伝わってきた。

「頑張れよ！」

「はい」

この家の使用人と握手《あくしゅ》を交わすのは、これがはじめてだった。ティアナの目に涙が滲《にじ》む。

（少しは、認められたと思ってもいいのかしら？）

一つ、何かが変わった。特別なことをしたわけではない、時が来たから変わっただけかもしれない。それでも、今日まで諦めなかった自分が変えたのだと、ティアナは誇《ほこ》らしい気持ちになった。

料理長は涙ぐむティアナになど気づかず、また豪快に笑った。

「はははは！　ま、俺には最初から分かってたけどな！」

「え？」

「あんたは今までの家庭教師とは違うって。厨房まで押しかけて来たのは、あんたが初めてだったからな」

「そうでしたか」

「ああ。高飛車《たかびしゃ》で嫌な女ばかりだったなぁ。もしかしたら、あんたは追い出されずに済むかもしれませんね」

ニヤリと笑った料理長にティアナが首を傾げる。

「追い出される？　これまでの家庭教師は、みなさんご自分で辞められたのではないのですか？」

「ん？　ああ、割合で言ったら自分から辞めていった奴《やつ》の方が多いんですがね。追い出されたのもいるらしいです」

「どうしてですか？」

「モーリッツの旦那から聞いてないんですかい？」

料理長が難しい表情を浮かべた。

「じゃあ、俺からは話さないほうがいいでしょうなぁ。お。ほら、時間。さっさと坊ちゃんたちのところに戻ってください！」

と、ティアナは厨房から追い出されてしまった。

（あれは、どういう意味だったのかしら？）

ティアナが首を傾げながら子供部屋に戻ると、子どもたちの楽しそうな声がリビングルームから聞こえてきた。今日は雨が降っているので室内で遊んでいるのだろうが、それにしては楽しそうな声だった。

扉を開いて中に入ると、子どもたちが何かを投げて遊んでいた。手元をよく見ると、それは大人の手のひらより少し大きなサイズの輪っかだった。不格好なそれは、古新聞で作られたものだとすぐにわかった。そして、彼らが輪っかを投げる先には、棒状のものがいくつか立っている。これも古新聞や小さな木片で手作りされたものだ。

「輪投げ？」

ティアナが呟《つぶや》くと、執事が小さく咳払《せきばら》いをして答えた。

「……母に、私が子どもの頃に好きだった遊びを聞きました」

「帰省されたときに？」

「はい」

彼はつい先日、休暇《きゅうか》をとって田舎《いなか》に帰省していた。その時に、母親に聞いてきたのだろう。子どもたちのために。

「……叱られました」

「え？」

「母に叱られました」

執事の突然の告白にティアナが目を見開く。この執事は若いとはいえ、すでに一人前の大人だ。そんな彼が母親に叱られるとは、よほどのことがあったに違いない。

「家庭教師としてあなたのやり方は間違っていると思うと愚痴《ぐち》をこぼしたら、馬鹿《ばか》を言うな、と。それはもう、すごい剣幕《けんまく》でした……」

執事が苦笑を浮かべる。

「あなたのしていることは当たり前のことばかりだ、と。その当たり前のことを今までしてこなかったのだから、旦那様や私たちの方が大馬鹿者だと言われました。ついでに、久々にげんこつももらいました」

「まあ」

ティアナは思わず声を漏《も》らしたという体《てい》で口元をおさえながら、笑いをこらえた。いつもビシッとしている執事が怒鳴《どな》る母親相手にタジタジになる様子を想像してしまったのだ。

「私にお手伝いできることがあれば、何なりとおっしゃってください。遅ればせながら、私も坊ちゃまたちのために、本当に必要なことをして差し上げたい」

また一つ、変わった。

ティアナは胸がいっぱいになって、また涙が滲んでしまった。

それからも、少しずつ子どもたちの様子は変わっていった。徐々に朝寝坊をしなくなり、大人の嫌がることをしなくなった。どこへ行くのにもついてくるティアナを鬱陶《うっとう》しがっていたのに、後ろを振り返ってティアナがついて来ているかどうか確認するようになった。

ティアナは特別なことは何もせず、片時も離れず、笑顔で見守っただけ。だが、その当たり前のことが、子どもたちの頑《かたく》なだった心を溶かしていった。

子どもたちとティアナの間にあった最後の壁が消えたのは、彼女が公爵家に来て三か月がたった、ある夜のことだった。

「ティアナ、これ読んで」

就寝前、ティアナに話しかけたのはジークハルトだった。丸みを帯びた頬が赤く染まっていて、唇《くちびる》は尖《とが》っている。視線をうろうろとさまよわせながら本を差し出すジークハルトに、ティアナはいつもどおりに笑いかけた。

「はい。アルノルト坊ちゃまも一緒にいかがですか？」

ジークハルトの様子を見守っていたアルノルトが、弾《はじ》かれたように駆《か》け寄《よ》ってきた。ティアナがベッドの上に座り、本を広げる。その隣にアルノルトが座り、反対側には黙《だま》ったままのジークハルトが座る。二人はもじもじと見つめ合ってから、嬉しそうに微笑んだ。

ティアナは、二人の無言のメッセージを確かに受け取っていた。

「……こうして、王子様とお姫様は結ばれ、幸せに暮らしましたとさ。おしまい」

ティアナが物語を読み終わる頃には、二人はぴったりとティアナに寄り添うようにして寝息を立てていた。そのまま、ティアナも一緒に横になる。

この日から、三人は必ず一緒に眠るようになった。二人は朝目が覚めるまでティアナの寝間着を握りしめている。屋敷に来た日、二人が互いの手をぎゅうっと握りしめていたように。

子どもたちとティアナは良好な関係を築《きず》くことができた。これからは家庭教師として本来の仕事をすることもできるだろうし、子どもたちはティアナから学び、公爵家の嫡男としてふさわしい態度や教養を身に着けていくだろう。

だが、それでは不十分だとティアナは考えていた。

彼らのためには、もう一人、変わってもらわなければならない人物がいる。それは、もちろん父親である公爵だ。

だが、公爵とはまともに話もできない日々が続いていた。そこで、ティアナは一つの作戦を思いついていた。話をしてくれないというなら、話をするしかない状況を作るまでだ。

ティアナがまず最初にしたのは、アルマ女史を館《やかた》に呼び出すことだった。

「ようやく！　ドレスをお仕立てになられるのですね！」

アルマは、それはそれは嬉しそうな表情でやってきた。早速ティアナの部屋に多種多様な絹地、レース、リボンを広げる。その様子に、ティアナは苦笑を浮かべながらも頷いた。

「ええ。夜会に出席しようと思うの」

ティアナはアルマに一通の招待状を見せた。とある侯爵家《こうしゃくけ》から届いた夜会の招待状だ。

実はティアナのもとには他にも多くの招待状が届いていた。彼女は家庭教師とはいえ伯爵《はくしゃく》家《け》の令嬢なので、社交界に出ることは当然の権利として残っている。だが、彼女を招待しようとする貴族の多くは野次馬《やじうま》だ。彼女と元婚約者に関わる醜聞《しゅうぶん》について根掘り葉掘り聞きたく

て招待状を送ってきているに違いない。中には純粋に友人として誘《さそ》ってくれている人もいるだろうが、ティアナはそれらの招待も含めて、全てに欠席の返事を出していた。子どもたちのことを考えるので頭がいっぱいだったからだ。

しかし、数日前に届いた侯爵家からの招待には応じることにした。とある作戦のためだ。

「まあ、侯爵家の夜会ともなれば、気合いを入れなければなりませんね！」

アルマは意《い》気《き》揚々《ようよう》と、絹地の山からティアナに似合いそうな色を選び始めた。最初に取り出したのは艶感のあるベージュの絹地、次に取り出したのは刺繍糸、そして白い薄絹だった。

「こちらはいかがですか？　ここに、ピンクや赤で花柄を刺繍して、上から薄絹を重ねて……」

彼女がささっと布を広げて糸を並べると、華やかながらも優しい色合いの見本ができあがった。ティアナはすぐさま頷いた。

「素敵だわ」

「では、こちらで。さっそく刺繍にとりかかりますわね！」

今度はスケッチブックを取り出したアルマはティアナの顔とスケッチブックを交互《こうご》に見ながら刺繍の図案を考え始めた。ティアナがその向かいに座ると、ペトラとエルザが素早く紅茶をいれてくれる。

紅茶を一口飲んだティアナが、ふぅと小さく息を吐いた。そのわざとらしいほど物憂《ものう》げな様子に、アルマが首を傾げる。

「どうされました？　何か心配事でも？」

ドレスのことで何か問題があったと思ったのだろう。アルマが身を乗り出して尋《たず》ねてきた。

「いいえ。夜会に出席するのはいいのですけど……、心配で」

「え？」

「婚約《こんやく》破棄《はき》されてから初めての社交界なので、私とお話ししてくれる人がいらっしゃるかしら、と思って」

アルマが首を傾げる。

「パートナーの方がいらっしゃるでしょう？」

その言葉を聞いた途端《とたん》、ティアナは大げさに肩をすくめて首を横に振った。

「まさか、おひとりで出席なさるのですか⁉」

アルマの大きな声に、布地を仕舞うために動き回っていた従業員たちも、彼らを手伝っていたフットマンたちも目を見開いて固まった。もっと小さな規模の夜会や、昼間のお茶会ならあり得ないことではない。しかし、侯爵家という格式ある家で開催《かいさい》される夜会に未婚の貴族令嬢が一人で出席するなどあり得ないことだ。婚約者がいれば婚約者と、いなければ父親か母親、それもいなければ親戚に頼んででも、誰かと一緒に出席するものなのだ。

「だって、私は働きに出ている娘ですもの。お父様にお願いするのは気が引けて……」

今度はハンカチを取り出して涙を拭《ぬぐ》う仕草を見せたティアナに、アルマが顔をしかめる。

「それはそうですね。確かに、独り立ちした令嬢が親御さんを頼《たよ》るのは、あまり外聞《がいぶん》がよくないかもしれません」

「親戚を頼ろうにも、不妊の私のパートナーを引き受けてくれる人がいるか……」

半分嘘《うそ》で、半分本当だ。ティアナの実家であるシュミット伯爵家は建国から続く由緒《ゆいしょ》正しい家柄だ。親戚の人数は末端まで数えきれない。探せばパートナーを引き受けてくれるという人が一人くらいは見つかるだろう。だが、それでは意味がないのだ。

「従兄弟《いとこ》に頼もうかと思ったのですけど、断られるのが怖くて……」

ハンカチで目元を拭うティアナに、アルマも涙目で頷いた。

「そうですわね。あら、あらあら。困りましたね……」

アルマは顎に手を当てて考え込んだ。不妊の女性の事情は、よくわかっているのだ。

「やはり、今まで通り欠席のお返事をしようと思ったのですけれど、坊ちゃまたちは五歳ですから。数年後には次の勤め先を探さなければなりませんし」

これにもアルマは頷いた。女性の家庭教師は、いつまでも同じ家で勤めることはできない。子どもが大きくなれば、より専門的な家庭教師を科目ごとに雇《やと》ったり、学校に通わせたりするからだ。その頃には次の勤め先を探さなければならない。そのためにも、定期的に社交界に顔を出す必要があるのだ。

「ええ、ええ。そうですわね……」

アルマが考え込むと、従業員やフットマンたちも難しい表情で黙り込んだ。そこへ、ちょうどいいタイミングでモーリッツがやってきた。相談したいことがあると、あらかじめ呼び出してあったのだ。

部屋の中の全員の視線がモーリッツに集まる。

「……何か、お困りごとですか？」

戸惑いながらもにこやかに言ったモーリッツに、アルマがポンと手を叩いた。

「灯台下暗《とうだいもとくら》しですわ！」

アルマはソファから立ち上がると、ずんずんとモーリッツの方へ歩み寄り、そのままの勢いで彼の手を握る。

「公爵様に、お願いすればよろしいのよ！」

「はあ」

わけがわからず戸惑うモーリッツに、フットマンの一人が状況を伝えるために耳打ちした。

「でも、いけませんわ！」

今度はティアナがソファから立ち上がり、芝居《しばい》がかった声を上げる。

「旦那様はお忙しい方ですもの。私のわがままにお付き合いいただくわけにはいきません」

「何をおっしゃるの、ティアナ様の雇い主ではありませんか！　雇い人のために一肌脱ぐのも、お役目の一つですわ！」

アルマが手を握ったままモーリッツに迫った。モーリッツの額《ひたい》には玉の汗が浮かび、じりじりと後退するがその背中側を二人のメイドがふさいでいる。

彼の視線がきょろきょろと室内を巡《めぐ》った。ハンカチを目尻に当てて不安そうな表情を浮かべるティアナ、何やら怒っている様子の二人のメイド、ティアナに同情的な視線を向けるフットマンと『メゾン・アルマ』の従業員たち、そして目の前にはギラギラとした瞳で迫るアルマ。

ここで『旦那様は忙しいので無理です』と断るべきなのだが、そうすれば屋敷の使用人たちだけでなく『メゾン・アルマ』の従業員たちにも『困っている雇い人を見捨てる冷たい公爵』という印象を植え付けることになってしまう。

仕方なく、といった様子でモーリッツは頷いた。

「かしこまりました。私から旦那様にお話ししましょう」

「公爵様がパートナーなら、何も困ることはありませんね！」

アルマが手を叩いて喜ぶと、ティアナもホッとした表情を浮かべて微笑んだ。

「よろしくお願いします、モーリッツさん」

アルマたちを玄関まで見送った帰り道、モーリッツが苦笑いを浮かべてティアナに言った。

「まいりました」

「な、なんのことかしら？」

ティアナがごまかすように言うと、今度は唇を歪めて目尻を下げる。笑い声を上げるのを我慢しているようだ。

「行きの馬車には、遠回りをするように伝えましょう」

彼はティアナの作戦も、その目的にも気づいていたのだ。気づいていて、それに乗ってくれた。彼女の公爵と二人きりで話したいという願いをかなえるために、協力してくれるということだ。

「ありがとうございます」

「いえ。私は、夜会にお出かけになる旦那様のお手伝いをさせていただくだけですので」

にこりと笑ったモーリッツにつられて、ティアナも笑顔になった。

その数日後、ティアナの部屋に公爵からの手紙が届いた。

『夜会に同伴《どうはん》させてほしい』

と、一言だけが綴《つづ》られただけの手紙だった。それを見たティアナはまた顔をしかめた。

（一応、自分から誘ったという体にするところは紳士的《しんしてき》だけど、手紙に用件しか書かないのは、いただけないわね）

もっと気に入らないのは、わざわざ手紙で知らせてきたことだ。

（同じ館にいるのだから、手紙じゃなくて直接言えばいいじゃない）

ティアナは、公爵と会ったらまず最初に、これほどまでに自分を避ける理由を聞かなければならないと決意したのだった。


二人が夜会に出掛けたのは、それから二週間後のことだった。

その日は、朝からティアナの母であるシュミット伯爵夫人がロイツラー・ハウスにやってきた。ティアナが夜会に出掛けている間の子どもたちの世話が困ると手紙で相談したところ、一も二もなく自分が代わると言ってくれたのだ。

「あらあら！　かわいらしい坊ちゃんですこと！」

午前中は母も一緒になって子どもたちと遊ぶと、彼女はすぐに子どもたちと打ち解けてしまった。その様子が嬉しくもあり悔しくもあるティアナが唇を尖らせると、そんな彼女を母が笑い飛ばした。

「他人の私が来ても、あっさり心を許したのはね、あなたがいるからよ」

「え？」

「自分たちを守ってくれる人がいる。そう信じているから、他人の私にも心を許して一緒に遊んでくれるの。だから、胸を張りなさい」

その言葉に、またティアナの目に涙が滲む。その様子を見た母は、わざとらしいしかめ面を作った。

「いつまで泣き虫でいるつもりなの？　しっかりなさい！」

と、優しくティアナを叱りつける。その様子を見ていた子どもたちはきょとんと眼を見張り、次いで腹を抱えて笑い出した。

「ティアナが叱られてる！」

「やーいやーい！」

ティアナをはやし立てた二人は、そのまま庭に駆けだした。

「もう！　坊ちゃま！」

二人はティアナをからかって遊んでいるだけだ。ティアナもそれに応えて、わざとらしく怒って見せてから二人を追いかけたのだった。

午後からは夜会に向けて準備を始めた。入念に髪を巻いて結い上げ、化粧《けしょう》もしなければならない。この準備にはペトラもエルザも大いに張り切り、日が沈む頃には完璧《かんぺき》な貴婦人が出来上がった。

支度《したく》が整って玄関に向かうと、そこには子どもたちとティアナの母が待っていた。

「わあ！」

「ティアナ、きれい！」

二人は大はしゃぎでティアナの周りをくるくると飛び回った。母も久しぶりに見る娘の華やかな姿に嬉しそうに微笑んでいる。

「それでは、今夜はお留守番をお願いします」

ティアナが屈み込んで子どもたちにお願いすると、二人はピタリと立ち止まって大きく頷いた。

「大丈夫」

「ちゃんと待ってるよ」

そう言いながらも、二人はティアナのドレスの裾《すそ》をぎゅっと握った。その姿に、ティアナの心が揺《ゆ》れる。

（やっぱり、行くのはやめようかしら）

だが、今日はどうしても行かなければならない。何よりも子どもたちのために一芝居打ってまで公爵と話をする機会をつくったのだから。

「それでは、お願いします」

「任せなさい」

母が鷹揚《おうよう》に頷く頃、ようやく公爵が玄関にやってきた。吹き抜けの階段を降りてきた公爵が、ティアナのドレス姿を見て目を見張る。だが、特に何かを口にすることはなかった。黙《だま》ったままでティアナに近づき、軽く頷いただけ。

ティアナは呆《あき》れながらも、まずは母を紹介することにした。

「母です。夜の間の子どもたちのことをお願いしてあります」

「ごきげんよう、公爵様」

母は淑女《しゅくじょ》の見本のような美しい所作で膝《ひざ》を折る。さすがの公爵も、これにはきちんと礼を返した。

「よろしくお願いします」

「お任せください」

母はやはり優しく微笑んだが、次の瞬間には真顔になって公爵にずいと顔を寄せた。そして、

「くれぐれも、ティアナのことをよろしくお願いいたします」

などと言うものだから、ティアナは驚いて思わず声を上げてしまった。

「お母様！」

慌てるティアナに構うことなく、母はさらに言い募《つの》る。

「どうか、何事もなくお返しくださいね」

怒らせただろうかと恐る恐る公爵の方を見れば、特に気を悪くした様子もなく、一つ頷いただけだった。それで満足したらしい母がティアナの背を押すと、公爵が軽く手を差し出した。その手をとると、流れるような所作で公爵の左肘《ひだりひじ》に導かれた。

今夜の公爵は、もちろん普段着ではない。金の刺繍が施《ほどこ》された茶色の上着に、ワインレッドのウエストコートを華やかに着こなしている。長身の彼が正装すると、その美しさがより一層際立った。ティアナはドレスの色をあらかじめ伝えてあったので、それに合わせて暖色系《だんしょくけい》でまとめてきてくれたらしい。二人が並ぶとまるで絵画のような美しさだった。

「きれいね」

小さく呟いた母に、子どもたちも頷く。

「行こうか」

公爵にエスコートされて、二人は馬車に乗り込んだ。その際、モーリッツの意味深な視線に、ティアナはしかと頷いたのだった。

馬車が夜道を駆けていく。

夜会が開かれる侯爵家の屋敷までは、小一時間ほどかかる予定だ。しかも、モーリッツから御者《ぎょしゃ》に遠回りするように指示が通っている。ようやく、ティアナは公爵とゆっくり話をする時間を持つことができた。

（どうやって切り出せばいいかしら）

公爵は黙ったまま窓の外を眺《なが》めていて、とても気軽に話を振れるような雰囲気ではなかった。

しばし悩んだティアナだったが、すぐに諦めて溜息を吐いた。

(何をどう切り出しても、機嫌を損ねるのは間違いないわね)

ならば、時間を無駄にせずに聞きたいことを聞こうと決めて、ティアナはようやく口を開きかけた。だが、先に声を発したのは公爵の方だった。

「君をエスコートするのは、今日が最初で最後だ」

冷たい声音だった。ティアナの方に視線を向けることなく告げられた一言に、背筋が凍《こお》った。

だが、ティアナはそんなことでは怯《ひる》まなかった。

「それは、私を避けられているのと、同じ理由でしょうか？」

ティアナの問いに、公爵の肩がぎくりと揺れた。

再び、二人の間に沈黙《ちんもく》が落ちる。公爵がティアナを避ける理由を、彼女も考えなかったわけではない。そして、一つの予想を立てていた。

(やっぱり。モーリッツさんが話していた家庭教師がすぐに辞めてしまう二つの理由。その、二つ目が関係しているんだわ)

公爵の反応を見て、ティアナの予想は確信に変わっていた。同時に、苛立《いらだ》ちを通り越して怒りがわいてきた。怒鳴り出したい衝動《しょうどう》を抑《おさ》えるように息を吸って、吐いてを二度ほど繰り返す。そして呼吸を落ち着けて、問いかけた。

「これまでに追い出された家庭教師のように、私が旦那様に色目を使うと思われたのですか？」

公爵は何も言わなかった。それこそが返事だった。

「旦那様は公爵という貴《とうと》い身分の方で、莫大《ばくだい》な財産をお持ちです。さらに独身で、お顔立ちも美しい。……何とも思わない方が難しいのかもしれませんね」

これが、家庭教師が居つかないことの二つ目の理由だったのだ。彼女たちの中には公爵に懸《け》想《そう》して家庭教師の仕事をおろそかにしたり、もっと極端に問題行動――例えば、公爵の部屋に押し入ったり――をする者がいたのだろう。

そして、それが公爵がティアナを避ける理由でもあった。

「……子どもたちは君に懐いているようだから。君を追い出すようなことは絶対にしたくなかった」

公爵が小さな声で告げると、ティアナは大きな溜息を吐いた。

「やることが極端ですわ」

公爵は子どもたちのためにそうしていたのだ。だから、子どもたちがティアナに懐くにつれて、彼女を避けるようになった。顔を合わせなければ、彼女が自分に惚《ほ》れることはないだろうと考えたらしい。

「その考えはお捨てになってください。私が旦那様に懸想することは、万に一つもございません」

しかめ面でティアナが言うと、ようやく公爵がティアナの方を見た。

「どうして言い切れる」

「私は、ジークハルト坊ちゃまとアルノルト坊ちゃまの家庭教師ですから」

ティアナははっきりと言い切った。

「今夜のエスコートをお願いしたのも、坊ちゃまたちの教育方針について旦那様とお話しするためです。下心などこれっぽっちもございません」

真面目《まじめ》な表情でさらに言い募ったティアナの顔を、公爵が見つめる。しばらくそうしてから、納得したように頷いた。

「……そうか」

「はい」

ようやく分かってもらえたと、ティアナはホッと息を吐いた。それから、ドレスの胸元に忍ばせておいたメモを取り出す。公爵と話すべきことはたくさんある。忘れないように、全てをメモしておいたのだ。

「まず、お二人の食事マナーの授業を始めなければなりません」

「ああ」

「私は旦那様に同席いただくのが一番いいと考えています」

これには公爵が眉をひそめた。彼が子どもたちを避ける理由の方は、まだ何も解決していないからだ。だが、これも時間が解決するだろうとティアナは考えていた。だから、まずはマナーの授業を口実に食事を一緒に食べる時間を持つことを考えたのだ。

「坊ちゃまたちが旦那様を真似《まね》て服をお選びになっていることをご存じですか？」

今度は黙って頷いた公爵に、ティアナも頷き返す。

「お二人は、旦那様に憧《あこが》れを抱いているのですわ。お父様のような立派な紳士になりたいと思っているのです。ですから、旦那様がきれいにお食事なさる姿を見れば、自然と食事のマナーが身に着くと思うのです。いかがですか？」

立て板に水のように話すティアナに公爵は圧倒《あっとう》されながらも、それでもまだ納得できていないようだった。だが、ティアナもここで諦めるわけにはいかない。

「坊ちゃまたちの教育のためです」

ビシっと言ったティアナに、公爵は渋々《しぶしぶ》といった様子で頷いた。

「週に一度は同席しよう」

言質《げんち》をとったティアナは心の中で拳《こぶし》を握りしめたが、表情には一切出さずにメモの次の行を確認した。食事への同席が特別なことのように思われてしまっては、また避けられるかもしれないから。あくまでも業務的に必要なのだと伝えて、まずは子どもたちと公爵が顔を合わせる機会をつくることだけに徹する。それがきっかけになるはずだ。

「では、次に……」

馬車が侯爵の屋敷に着くまでにはまだ時間がある。ティアナは淡々と残りの検討《けんとう》事項《じこう》を話していった。公爵は言葉少なではあるが、ひとつひとつにきちんと答えてくれた。

必要なことを全て話し終える頃、馬車が貴族の屋敷が建ち並ぶ地域に入った。この通りを抜けた先に、目的地がある。ティアナが最後まで話しきれたことに満足してメモを仕舞う様子を、公爵がじっと見つめる。その視線を妙《みょう》に痛く感じて、ティアナは思わず顔をしかめた。

「何か、ございましたか？」

「君は子どもの教育についてどこで学んだんだ？」

ティアナはまた顔をしかめた。どうやら、公爵は勘違いをしているらしいと分かって、軽く溜息を吐く。

「誰かに教えていただいたわけではありません」

「では、どうして子どもたちは君にだけ懐いたんだ？　君は家庭教師として働くのは初めてだろう？」

公爵の心底不思議そうな表情を見て、ティアナはハッとした。彼の勘違いは当然のことだ。ティアナと公爵、二人の育ち方はあまりにも違い過ぎるから。

「私は何も特別なことはしていません」

ティアナは慎重《しんちょう》に言葉を選んだ。

「私のしていることは、当たり前のことばかりです」

彼を傷つけることになるかもしれない。彼が両親に愛されなかったことを、あえて指摘《してき》することになるのだから。

（それでも、伝えなければ）

ティアナはぎゅっと手を握りしめて、真《ま》っ直《す》ぐに公爵の目を見た。

「両親が私にしてくれたように子どもたちに接しているだけです。私に先生がいるとすれば、それは父と母ですわ」

一瞬目を見開いた公爵は、また口をつぐんでしまった。そのまま、目的地に着くまで馬車の中には気まずい沈黙が続いた。

(ご機嫌を損ねてしまったわね)

だが、必要なことは全て伝えることができた。ティアナは今夜やるべきことを達成したのだ。あとは夜会に顔だけ出して、さっさと帰るだけだ。

馬車がゆっくり止まって外から扉が開かれると、公爵がさっと降りてティアナに手を差し出した。彼に支えられて馬車を降りると、やはり流れるような所作でエスコートされる。壊れ物に触れるかのような優しい手つきで、しかも美しい。

ティアナの身体が緊張《きんちょう》で硬くなった。これまで、こんなにも完璧なエスコートを受けたことはなかったのだ。元婚約者のダニエルは十代の男性らしく粗《あら》が目立ったし、親戚の男性たちはもっと気安かった。

「……大丈夫か」

そんな彼女の様子に気づいたのだろう。公爵が耳元で囁《ささや》いた。

「さすがに、ここに君の元婚約者は来ないと思うが」

彼はティアナが別の理由で緊張していると思ったらしい。

(そういえば、すっかり忘れていたわ)

今の今まで、ティアナは忘れていた。社交界に出るということは、彼らに会う可能性があるということだと。

「そうですね」

公爵の言う通り、今夜の夜会に彼らが出席する可能性は極めて低い。というのも、ダニエルがティアナとの婚約を破棄してカタリーナと結婚したことは社交界中の誰もが知っていることだから。こういう場合、二人を同じ場に招待するのは避けることがマナーだとされている。主催者はティアナに招待状を送ってきたのだから、彼らを招待することはしていないはずだ。

「……行こう」

公爵はそれ以上何も言わず、ティアナをエスコートして会場へと進んだ。色とりどりの花で飾られたホールに入ると、二人はすぐに注目を集めた。

「ユーベルヴェーグ公爵閣下《かっか》、シュミット伯爵令嬢、ようこそおいでくださいました」

夜会の女主人である侯爵夫人が笑顔で迎えてくれる。だが、その表情には好奇心が見え隠れしていることに、ティアナはすぐに気がついた。ホールのあちこちからも、同じような視線が送られてくる。

(不妊の家庭教師と子持ち独身の美貌《びぼう》の公爵。確かに珍《めずら》しい組み合わせだし、いろいろと噂《うわさ》したくなる気持ちも分からないでもないけど)

ティアナは内心で深い溜息を吐いた。好奇の目にさらされることは最初から分かっていたが、だからといって気持ちのいいものではない。

「本日はお招きいただき感謝します」

ティアナが礼をとると、侯爵夫人はにこやかに笑った。

「久しぶりの夜会でしょう？　どうぞごゆっくり、お楽しみください」

二人は遅れて到着したので、ホールの中央では既《すで》にダンスが始まっていた。その周りにテーブルとソファが並び、酒や軽食をつまみながらゆったり談笑できるようになっている。格式ばった舞踏会ではないので、出席者は思い思いに楽しんでいるようだ。

公爵はティアナの腰を軽く押して、ホールの中央に向かった。

「踊《おど》るのですか？」

ティアナが慌てて尋ねると、公爵は軽く眉を上げた。

「踊らないのか？」

夜会に出席したら一曲はパートナーと踊るものだ。マナーだと言ってもいい。だが、まさか公爵がそこまでしてくれるとは思っていなかったので、ティアナは驚いた。

「では、お願いします」

「ああ」

二人がホールの中央に進み出ると、踊っていた人々が道を開けた。相手は王族の次に貴い身分である公爵なので当然のことなのだが、ティアナにとっては慣れないことで思わず目を白黒させた。

（やっぱり、旦那様をお誘いしたのは失敗だったわ）

彼女は公爵と話をすることだけに気を取られて、その後に彼と出席する夜会のことまで頭が回っていなかったのだ。

そんな彼女の後悔《こうかい》など知る由《よし》もない公爵が、ティアナから手を離した。そして彼女の正面に立ち、胸に手を当てて軽く腰を折る。ティアナも気を取り直して、ドレスのスカートをつまんで膝を折った。

二人の動きに合わせて音楽が始まった。今日の楽団はピアノ四重奏《カルテット》。ピアノの優しい音色にバイオリン、ヴィオラ、チェロの響《ひび》きが加わり、華やかなワルツの旋律《せんりつ》が響く。

音に合わせて動き出した公爵がティアナの右手をとり、反対の手で背中を支えた。そっと優しく手を引かれて、それを合図に足を踏《ふ》み出《だ》す。三拍子のリズムに合わせて、公爵は淀《よど》みなくステップを踏んだ。ティアナはそれに導かれるように足を動かすだけで、誰よりも優雅《ゆうが》に踊ることができた。

（なんてスマートで美しいリード……）

ティアナは内心で驚いた。ダンスは苦手ではない。どちらかと言えば、得意な方だ。いつもパートナーの男性に合わせてあげるのはティアナの方だった。公爵とのダンスは違う。何も意識しなくても、自然に足が動くのだ。

周囲の人々は、自分たちが踊るのも忘れて二人のダンスに見入っていた。誰もがうっとりとした表情を浮かべ、熱い視線で見つめている。

二人がクルリとターンすると、アルマが刺してくれた美しい刺繍のドレスが揺れて、上に重ねた薄絹が余韻《よいん》を残すようにふわりと広がる。視界の端《はし》に見えるその光景にティアナはうっとりと微笑んだ。

「きれいなドレスだ」

公爵がポツリとこぼした。ティアナは驚きながらも、頷く。

「アルマ女史は、やはり天才ですわ」

「ああ」

ダンスの間、二人が交わした会話はそれだけだった。だが、穏《おだ》やかな空気が二人の間に流れ、先ほどまで感じていた後悔など、すっかり忘れてしまったのだった。

曲が終わって、再び向かい合ってお辞儀する。にこりと微笑んだティアナに、公爵もわずかに微笑み返してくれたような気がした。

だが、すぐに真顔に戻ってティアナの肩越しに壁の方を怪訝そうな表情で見つめる。何ごとかと思って振り返ると、そこにはティアナの友人たちがいた。にこやかな表情で軽く手を振っている。

「お友達ですわ」

再びティアナの手をとった公爵に、そっと耳打ちする。

「大丈夫なのか？」

どうやら、今夜の公爵は心配性らしい。

「心配ありません。今でも手紙のやりとりをしている方たちです。いろいろとご心配をおかけしてしまいましたので、ちょっとお話ししてきますわ」

「そうか」

小さく頷いた公爵はティアナから手を離して、反対の壁際に向かった。飲み物を手にとった彼に、さっそく紳士たちが話しかけにいく。その周囲には若い令嬢たちが集まってきた。女性から男性をダンスに誘うことはできないので、少しでも彼の視界に入って誘ってもらおうと考えたのだろう。

その様子を横目に見ながら、ティアナは友人たちの輪に入っていった。

「ティアナさん！」

「ごきげんよう」

「お久しぶりね」

「お元気にしてらした？」

次々に声をかけられて、ティアナはニコニコ笑ったままで当たり障《さわ》りなく答えた。そうすると貴婦人たちは好き勝手に話を続けてくれるので、あとは相槌《あいづち》を打つだけだ。

「今日はお会いできて嬉しいわ」

「公爵様、とっても素敵ね」

「本当に」

「素敵なダンスでしたわ」

どうやら彼女たちは公爵に興味があるらしい。頬を染めてうっとりと彼を見つめる令嬢もいる。

（確かに魅力的《みりょくてき》な方だけど……）

ティアナにとって公爵は雇用主《こようぬし》であり子どもたちの父親でしかない。彼女たちが抱くような憧れや恋心のようなものを感じることはなかった。

だが、その気持ちも少しだけ変わり始めていた。

（……さっきのダンスは、悪くなかったわね）

少しだけ、彼に憧れる令嬢たちや彼に懸想して追い出された家庭教師たちの気持ちが理解できたのだ。だからといって、彼女が公爵に心をうばわれたというわけではないが。

そんなことをぼんやり考えている間に、友人たちの話題はとうに移り変わっていた。

「そういえば、今朝《けさ》の新聞はご覧になりました？」

「ええ。また『婚姻統制法撤廃運動《こんいんとうせいほうてっぱいうんどう》』の活動家が逮捕《たいほ》されたって」

最近の新聞を賑《にぎ》わす事件についてだ。この話題に、他の友人たちも身を乗り出した。

『婚姻統制法撤廃運動』は、西部の田舎で興《おこ》った。数年前のことだ。彼らの目的は文字通り『婚姻統制法』をなくすこと。そのために貴族議員の屋敷に押しかけて説得を試みたり、無許可でビラを配ったりしているらしい。ティアナもそのビラを見たことがある。『全ての男女に自由を！』という大見出しの下には、『我々は牝馬《めすうま》ではない！　我々は種馬《たねうま》ではない！』という過激な文字が躍っていた。そして、『不妊女性を不当に扱うな！』という訴えも。

（そういえば、どこかで見たことのある言葉だわ）

どこで見たのだろうかと考える間にも、友人たちは盛り上がっていた。『婚姻統制法』は国という社会を維持《いじ》するために必要な法律なので、表立って運動家たちを応援することはできない。しかし、彼らのやっていることが間違っているとも思えない。特に若い貴族の間では『婚姻統制法不要論』が広がり始めているのだ。彼女たちにも、思うところがあるのだろう。

「首都の真ん中でビラを配ったんですって」

「すごいのねえ」

「でも、怖いわ」

「ええ。すごい怒鳴り声だったたって」

「爆竹《ばくちく》の音もしたって」

と、噂に聞いた事件当時の様子を話す。運動が活発になるのは悪いことではないが、治安が悪くなるのはいただけない。

　感心しながらも眉をひそめた友人たちは、互いに顔を見合わせた。

「そういえば、表通りに新しい帽子店ができたの！」

　一人がわざとらしく手を叩いて言った。話題を変えようとしたのだろう。

「知りませんでした。もう行かれたんですか？」

　ティアナもその話題転換に乗ることにした。興味津々《しんしん》に聞き返せば、他の友人たちもまた身を乗り出した。今度はとても楽しそうに。女性らしい華やかな話題に切り替わったことに誰もが安堵《あんど》したのだ。

（……ありがたいわ。このまま、やり過ごしましょう）

周囲の貴婦人たちは、社交界でも穏やかな派閥《はばつ》の人たちだ。当たり障りのない話題で盛り上がり、このひと時を楽しむ。そういう付き合い方を心得ている。だが、この場に集まった人々の多くはそうではない。ティアナの事情を根掘り葉掘り聞きたくて仕方ないだろう。そして、彼女について面白おかしく噂したいのだ。

（もう少しこのまま話して、失礼に当たらないくらいの時間が過ぎてから帰ろう）

ティアナはそう考えていた。そうすれば、今日の夜会を何ごともなく終えられるはずだ。

ところが。

「あら。ずいぶんお久しぶりね、シュミット伯爵令嬢？」

輪の外からティアナに声をかけてきたのは、ティアナにとっては最も会いたくない人物——ダニエルの妻、カタリーナだった。

ニヤニヤ顔の彼女の周囲には、同じくニヤニヤ顔の取り巻きたちがいる。カタリーナの実家は商人あがりの男爵《だんしやく》家《け》だが、彼女の父親は一代で財を築いた傑物《けつぶつ》でもある。いろいろとよくない噂も聞こえてはくるが、娘を伯爵家に嫁《とつ》がせて貴族とのパイプも築いた。今、この国で最も勢いのある人物と言ってもいい。その娘であるカタリーナの周りには、その恩恵《おんけい》にあずかろうと人が集まっているらしい。

（今夜は、出席されないと思っていたのに）

常識的に考えれば、この夜会に彼女は出席するはずがないのだ。

だが、会ってしまったものは仕方がない。ティアナは優雅な仕草で膝を折った。

「ごきげんよう、カタリーナ様」

「ごきげんよう。……私もお茶会の招待状をお送りしたのだけれど、もしかして届いていませんでしたか？」

　このセリフで、周囲の空気が凍りついた。誰もが動きを止めて口を噤《つぐ》んだのだ。

　ダニエルを巡って、ティアナとカタリーナの間に何があったのか。知らない人はこの場にはいない。そんな相手を茶会に誘うなど、あり得ない暴挙《ぼうきょ》だ。

（そういえば、招待状をいただいていましたね）

　ティアナのもとに届いていた手紙の中に、確かにカタリーナからの招待状もあった。だが、その時には深く考えずに『間違って送ったのね』と思ったのだ。それ以外に、彼女がティアナに招待状を送る理由が思い当たらなかったから。ティアナは欠席の返事を送って、そのことはすっかり忘れていた。

（あれは、私に対する嫌がらせだったのですね）

　よくよく考えれば分かることだ。だが、その招待状を受け取った時のティアナは子どもたちのことで頭がいっぱいで、そんなことに構っている暇《ひま》はなかった。意図《いと》せずして、彼女の嫌みをさらりと流した格好になっていたのだ。

　ティアナは内心で呆れながらも、ニコリと微笑んだ。

「欠席のお返事をさせていただいたと思いますが……」

「あら、そうでした？　ごめんなさいね。あなたと違って、招待状やお手紙が多いから」

カタリーナがクスクスと笑うと、彼女の取り巻きたちも笑った。

その様子にティアナの友人たちが肩を怒《いか》らせたが、ティアナがずいっと前に出てそれを押しとどめた。自分のために騒ぎを起こさせるわけにはいかない。

「今は公爵家の家庭教師なのですって？　大変でしょう、働くのって？」

その嫌みな言い方に、ティアナはハッとした。

（ああ、そうか。彼女は私を辱《はずかし》めるために、わざわざ来たのね）

ティアナが出席するとの噂を聞いて、わざわざこの夜会の招待状を手に入れたのだ。それに気づいて、ティアナの背筋がすうっと凍った。

「ねえ、せっかくですから教えてくださらない？」

カタリーナがニコリと笑って、ティアナの方にすり寄ってきた。

「働くって、どんな感じですの？」

ドクドクと脈打つ心臓をなだめながら、ティアナは『冷静になれ』と何度も心の中で繰り返した。

（逆上したり泣いたりするのは、逆効果よ）

「……どんな感じ、といいますと？」

「家庭教師ってつまり、公爵家の使用人ってことでしょう？　執事やメイドと同じ扱いなの？よく我慢できるわねぇ」

息をするように職業差別、身分差別を口にしたカタリーナ。貴族の令嬢としてはあるまじき品のなさだ。しかし、彼女の取り巻きたちは咎めるわけでもなく、同じようにクスクスと笑っている。

そもそも家庭教師は貴族の家の中では使用人とは立場が違う。そんなことも知らないのかと、ティアナに言わせたいのだ。だが、そんな誘いに乗るのは馬鹿らしい。

「皆様よくして下さいますので、とても快適に過ごしていますわ」

ティアナがニコリと微笑んで受け流したので、カタリーナの眉がピクリと動いた。

「お部屋は屋根裏部屋なの？」

この追撃《ついげき》にも、ティアナは動じない。

「公爵家には使用人寮がございますから、屋根裏でお暮らしの方は一人もいらっしゃいませんよ」

カタリーナが苛立《いらだ》たし気に舌を打った。自分の嫌みが効いていないことに気付いたのだろう。

「あらでも、公爵家には女性の家族はいないでしょう？　それじゃあ、メイドもいないのよね？　不便でしょう？」

「公爵様にお気遣《きづか》いいただいておりますので、何も不自由はございませんわ」

これを聞いたカタリーナの唇が、意地悪く歪む。

「あら、公爵様があなたのためにメイドを雇っているということ？　とっても大切にされているのね？　……あらあら」

カタリーナが取り巻きたちを見回すと、その意地悪な表情が伝播《でんぱ》していく。

（……だから社交界は嫌いなのよ）

内心で溜息を吐いたティアナの気持ちなど知る由もなく、カタリーナがずいっと身を乗り出してきた。

「家庭教師って、そういうお仕事もなさるのね」

「……そういうお仕事？」

意味がわからずに問い返したティアナに、カタリーナは扇子《せんす》で口元を覆《おお》った。

「まさか、そんなこと……。大きな声では言えませんわ。子どもが産めないのなら、逆に好都合ですわよね」

その言葉の言外の意味を悟《さと》って、ティアナの頬にカッと熱が集まった。

（私が、公爵様の情婦だとでも言いたいの!?）

それでも、ティアナは何も言い返さなかった。

（落ち着くのよ。……否定も肯定《こうてい》もダメ。何を言っても彼女に都合のいいように解釈《かいしゃく》されて捻《ね》じ曲《ま》げられて、攻撃のネタにされるだけよ）

ティアナは息を整えて、ただニコリと笑って小首を傾げた。あなたのその話題に乗るつもりはありませんよ、という無言のメッセージだ。

「……っ」

カタリーナは手に持った扇子をパチンと閉じた。思ったようにことが運ばないので、苛立っているのだろう。

「……喉《のど》が渇《かわ》きましたわね」

そう言って、カタリーナは近くを通りかかった使用人から赤ワインのグラスを受け取った。

「さあ、どうぞ。ティアナ様」

断る理由もないので、ティアナはそれを受け取るために手を伸ばした。ところが、そのグラスはティアナの手をすり抜けて彼女の足元に真っ逆さまに落下していった。

――ガシャンッ！

グラスが割れ、ティアナのドレスに真っ赤なシミが広がる。

「あらあら、よそ見はよくないわ、ティアナさん」

カタリーナが言うと、取り巻きたちがまたクスクスと笑い始めた。

「マナーがなっていないのね」

「伯爵家のご令嬢だったと思うけど？」

「こんな風だから、婚約破棄されたのよ、きっと」

「カタリーナ様の方が、ずっと完璧なレディだわ」

これには、さすがにティアナの友人たちが声を上げた。

「カタリーナ様、あんまりですわ」

「あなたがわざとこぼしたのでは？」

だが、ティアナはそれを制して、やはりニコリと微笑んだ。

「申し訳ありません、カタリーナ様。ちょっと疲れているみたいですわ、私」

「あら、それはいけません。大丈夫ですか？」

カタリーナは心配するような素振りで、そっとティアナの耳元に唇を寄せた。

「さっさと消えなさいよ、このアバズレ」

純粋な悪意しかない言葉を向けられて、ティアナの鼻の奥がツンと痛んだ。それでも、彼女はなんとか涙を堪《こら》えた。

「そうですわね。私、これでお暇《いとま》させて……」

――ザワ、ザワ。

いただきます、と続くはずだった言葉は、大きなざわめきにかき消されてしまった。

「公爵様！」

公爵が険しい表情でツカツカとティアナの方に歩いてきたのだ。周囲の人々が慌てて道を譲《ゆず》り、礼をとる。カタリーナも例に漏れず、淑《しと》やかに挨拶《あいさつ》した。

「ごきげんよう、ユーベルヴェーグ公爵様」

ところが、公爵はカタリーナや他の貴婦人たちの挨拶など全く聞こえていないかのようだった。そのまま、真っ直ぐにティアナの前まで来て、彼女の前に跪《ひざまず》いてしまった。

驚いて声も出ないティアナのドレスの裾をつまみ、ポケットから取りだしたハンカチで赤いシミを拭う。

「……落ちないな」

「あの、旦那様」

「……」

公爵は無言のままで立ち上がり、そしてひょいとティアナを抱き上げた。

「きゃっ」

ティアナは悲鳴を上げながら、慌てて公爵の服を摑《つか》んだ。

「じっとしていろ」

「いえ、でも……」

「顔を伏せて耳を塞《ふさ》いでいるんだ。耳を傾ける価値もない言葉など、聞く必要はない」

そう言って、公爵は颯爽《さつそう》と歩き出した。

「公爵様！」

それを呼び止めたカタリーナの声に、ピタリと足を止める。

「……」

「ご挨拶をさせてください。私はカタリーナ・ペル……」

「発言を許可した覚えはない」

それだけ言って、公爵は再び歩き出した。

社交界では、本来は身分が下の者から上の者に話しかけることは許されない。しかし、女性から男性に話しかける場合にのみ慣例《かんれい》として許容《きよよう》されてきた。ところが、そんなことは関係ないとばかりに、公衆の面前でマナーを指摘されたのだ。他でもない、この場で最も貴い身分の人に。

カタリーナは、真っ赤な顔でブルブルと肩を震わせたのだった。

「公爵様、お帰りですか？」

玄関ホールに出た公爵を、夜会の主催者である侯爵家の女主人が慌てて追いかけてきた。その夫である侯爵が、真っ青な表情で後ろをついてくる。

「これ以上、この場にいることは耐《た》えられない」

「何か、粗相《そそう》がございましたでしょうか……？」

両手をもみながら上目遣いで尋ねた女主人を、公爵がギロリと睨みつけた。

「理由が分からないとでも言うのか？」

カタリーナがこの場に来たのは、ティアナが出席するという噂を聞いたから。そして、そのカタリーナに請《こ》われて密《ひそ》かに招待状を送ったのが、この女主人なのだろう。彼女は二人の間に何があったのかを知りながら、同じ席に招待したのだ。何かあれば偶然《ぐうぜん》だったと言い逃れするつもりだったのだろう。

「今後そちらの招待は一切受けない。以上だ」

そう言って、公爵はさっさと玄関から外に出た。

女主人は真っ青な表情で固まり、侯爵は慌てて後をついてくるが公爵は一顧《いっこ》だにしない。引き留める声を全て無視して、公爵はティアナを抱き上げたまま馬車に乗り込んだ。ティアナは柔らかい座席に座らされ、来たときと同じように公爵が向かいに腰掛ける。

「……申し訳ありません」

ゆっくりと動き出した馬車の中、ティアナは頭を下げた。

「なぜ謝る」

「せっかくエスコートしてくださったのに、台無しにしてしまいました」

「君のせいではない」

「後で謝罪のお手紙をお送りします。あちらの家からの招待を一切受けないだなんて、そんな言葉はすぐに撤回《てっかい》して下さいね」

やはり無表情で言ったティアナに、公爵は苛立たしげに舌打ちした。

「馬鹿を言うな。君が謝る必要はないし、あの女にも、あの家にも二度と関わらない」

「それこそ、馬鹿なことはおっしゃらないでください。私のために、そこまでして頂く必要はございません」

ティアナがわずかに語気を荒げて言い返すと、公爵は深い溜息を吐いた。

「君は我が家の家庭教師だ。その人を不当に扱われた。当主である私が毅然《きぜん》とした態度をとるのは、当然だ」

ここまで言われてしまっては、ティアナも言い返すことはできなかった。小さく息を吐いてふいと視線を逸《そ》らすと、二人の間に沈黙が落ちる。

「……泣かないのか？」

不意に問われて、ティアナは首を傾げた。

「え？」

「シュミット伯爵から、君は泣き虫だと聞いていた。だから心配だと」

家庭教師として雇われるにあたり、ティアナの父であるシュミット伯爵と公爵が何度か面談したことは知っていた。しかし、まさかそんなことまで話しているとは思わず、ティアナは驚いた。

「それに、我が家に来てからも。……何度も泣いていただろう」

ティアナの頬がカッと熱くなった。公爵家に勤めるようになってから、悔しくて悲しくて何度も涙を流した。それを、公爵は知っていると言う。

（見られていたの？　それとも、誰かが報告した？）

どちらなのかは分からない。だが、そんなことはどうでもいい。公爵の前ではあんなに強がっていたのに、その陰《かげ》では泣き虫のままだったことを知られていたのだ。それが恥ずかしくて、ティアナは顔を俯《うつむ》けた。

「あんなことがあったのに、君は泣かないのか？」

もう一度、公爵が質問を繰り返した。

「泣きません」

ティアナはぎゅっと唇を引き結んだ。

「今日のあれは、謂《いわ》れのないただの嫌がらせです。あんな言葉に私が傷ついたりする必要はありません。私が泣けば、彼女が喜ぶだけです」

こんなことで涙を流すのは、意味がない。ティアナは瞳の奥が熱くなるのを感じながら、それでもぎゅっと眉を寄せて我慢した。

　ややあって、衣擦《きぬず》れの音と馬車の床が軋む音が聞こえた。公爵が座席から下りて、ティアナの前に跪いたのだ。下を向いて涙を堪えるティアナの顔を覗き込む。

　いつもと同じ無表情で、アイスブルーの瞳が真っ直ぐティアナの方を見つめている。

「だが、君は傷ついたのだろう？」

　公爵の問いかけに、ティアナの胸がしゃくりを上げた。同時に、涙がポロポロとこぼれ落ちる。

「悲しいのなら、泣けばいい。それが、当たり前のことだ」

　一度溢《あふ》れ出した涙は止まることを知らず、ポロポロとこぼれ続けた。その涙を受け止めるためにティアナが両手で顔を覆うと、レースの手袋が濡《ぬ》れていく。手のひらの隙間《すきま》から嗚咽《おえつ》が漏れはじめると、彼女の肩に公爵の大きな手が触れた。不器用な手が、ティアナの肩を優しく撫でる。

　ややあってティアナの嗚咽が落ち着いた頃、公爵がティアナの顔を覆う手のひらに触れた。長い指がティアナの震える指を一本ずつ引き剝《は》がしていく。嗚咽が収まっても涙を流し続けるティアナの泣き顔が、とうとう彼の前にさらされた。

「……」

　公爵は無言のままでティアナの泣き顔をじっと見つめた。アイスブルーの瞳が自分の顔をまじまじと見つめる様は、子どもたちが何かを観察する時の顔に似ていて。それがおかしくて、ティアナの涙はすっかり止まってしまった。

「……おやめください」

ふいと顔を逸らすと、公爵はそれを追いかけてティアナの顔を覗き込んだ。また顔を逸らしても追いかけてくる。何度かそれを繰り返してから、公爵は向かいの座席に座り直した。ティアナの両手を握ったままで。

「その方がいい」

「え？」

「君が嬉しくもないのに笑っている顔は見たくない」

公爵の言葉に、ティアナは榛色の瞳をパチクリと見開いた。

「あの女に何やら言われている間も、ニコニコと笑っていただろう。最悪の気分だった」

不機嫌そうに眉を寄せて、公爵が溜息を吐く。

「無理に笑うな」

公爵が握ったままの手にギュッと力を込めた。手袋越しに伝わってくる温もりに、ティアナの涙腺《るいせん》が再び震える。ついに我慢できなくなった涙が公爵の手の甲にポタリと落ちた。

「それは、雇い主としてのご命令ですか？」

ティアナは悔しくなって、少しばかり唇を尖らせて尋ねた。顔を伏せているので判然《はんぜん》とはしないが、公爵がフッと笑ったような気がした。

「そうだ」

「……承知しました」

屋敷に到着するまでの間、公爵はティアナの手を握ったままで。ティアナの荒《すさ》んだ心はすっかり落ち着いてしまったのだった。

屋敷に戻ると、就寝直前だった子どもたちが出迎えてくれた。

「おかえり！」

「早かったね！」

ところが、ティアナのドレスがワインで汚れ、泣《な》き腫《は》らした顔をしていることに気付いた子どもたちはキッと眉を吊《つ》り上げた。そして、公爵を睨み上げ、

「ティアナに何したんだよ！」

と、二人揃《そろ》って公爵の足を蹴《け》りはじめた。ティアナは慌てて二人を抱き止める。一緒に出迎えてくれたモーリッツや執事たちも慌てているが、公爵が視線を向けて彼らを止める。子どもたちの好きにさせろと言うことだ。

「お二人とも、これは旦那様のせいではありませんよ」

「じゃあ誰にやられたんだよ！」

「それは……」

「誰にいじめられたんだよ！」

ティアナは尋ねられても困った表情を浮かべることしかできず、そうしているうちに、二人

の瞳に涙の膜《まく》が膨《ふく》らんできた。そして、

「なんで、ちゃんとティアナを守らなかったんだよ！」

と、再び公爵に怒鳴り散らして、わんわんと声を上げて泣き出してしまった。近くで見守っていたティアナの母がなだめようとしたが、二人はその手を振り払ってティアナの身体にしがみついた。

「心配させてごめんなさい。でも、私は大丈夫ですから。……旦那様のおかげで」

「本当に？」

「はい。旦那様が、えっと、……慰《なぐ》めてくださったので」

「お父様が？」

「そうですよ。とっても優しく、慰めてくださったんです」

「……ほんとに？」

子どもたちが疑いの眼差《まなざ》しで公爵を見た。公爵は相変わらず無表情で何も言わない。ただ、子どもたちの言いたいように言わせている。

その様子に、ティアナは内心で溜息を吐いた。

（これまで関わってこなかったから。子どもたちとの接し方が分からないのね）

だから子どもたちがひどい言い草で父親を罵《ののし》っているのに、それを注意することもしない――できないのだ。

（これから、父親としての態度を学んでいただかなければ）

ティアナは心の中で改めて決意しつつ、子どもたちに向き直った。

「本当ですよ。だから、大丈夫です」

「ん」

「わかった」

とりあえず納得した子どもたちを母に預けて、ティアナはすぐに自室に戻った。着替えて彼らの寝室に行くためだ。ところが、公爵がその後ろをついてきて、さらにはティアナの部屋にまで入ってきたので驚いてしまった。

「……何か、まだご用事がありましたか？」

「いや」

「では……」

出ていって下さいと言外《げんがい》に伝えても公爵は意に介さず、勝手にティアナの部屋のソファに落ち着いてしまった。二人のメイドは首を傾げながらも何も言わずに、衝立を持ってきてくれる。着替えている間も公爵は無言のままで、気まずい雰囲気だけが漂《ただよ》う。

着替えを終えて部屋着姿になったティアナが衝立の向こうから出てくると、公爵はやはり無言のままで立ち上がった。子どもたちの寝室に向かうティアナの後ろを黙ってついてくる。

（いったい、どうしたのかしら）

彼の行動の意味がさっぱり分からず、ティアナは内心で首を傾げた。

寝室に到着すると、中からは母が絵本を読み聞かせる声と、子どもたちの笑い声が聞こえてきた。

（寂しい思いはさせずに済んだみたいね）

と思いつつ、後ろを振り返る。そこには、やはり無表情の公爵がいて。

「今夜は、ありがとうございました」

ティアナが改めて言うと、公爵が無言のまま頷いた。

「おやすみなさい」

「ああ」

公爵はティアナが寝室に入るまでを見届けてから、ようやく自分の部屋に戻っていったようだった。


「……おはようございます」

「おはよう」

翌朝、子どもたちとともに食堂に行くと、そこにはすでに公爵が着席していた。食堂といっても子どもたちのための食堂で、この部屋で公爵が一緒に食事をしたことなどこれまで一度もなかったのに。

首を傾げるティアナと子どもたちに、同じく戸惑いを見せるフットマンたち。公爵は新聞を読みながら、三人に視線だけを寄越した。

「座らないのか？」

「え、あ、いえ……。座りましょう」

ティアナが子どもたちを促《うなが》して席につくと、いつもどおりにフットマンたちが朝食を並べ始めた。朝食は、すっかり習慣になったサンドウィッチだ。今日も料理長が腕を振るった様々な料理が並んでいる。

「俺、ハムにする」

「お野菜はどうしますか？」

「トマト。そのチーズのパテも」

「はい」

「僕はジャムにしようかな。これ、なんのジャム？」

「イチジクですね。ベーコンを一緒に挟むと美味しそうです」

「じゃあ、それ！」

「かしこまりました」

ティアナが子どもたちの要望を聞きながらサンドウィッチに具材を挟む様子を、公爵はじっと見つめていた。

「私も同じものを」

公爵が言うので、フットマンたちは驚きながらも公爵の前に子どもたちと同じようにパンと具材を並べた。

「私はウィンナーにしよう。マスタードも塗《ぬ》ってくれ」

侯爵が当たり前のように言うので、フットマンの一人がパンを手に取った。ところが、その様子に公爵はむっと眉を寄せた。

「君じゃない。ティアナに言ったんだ」

食堂の中が、しんと静まり返った。まるで子どものような言いように、居合わせた全員が驚いている。

手を止めて目を見開くティアナを、公爵がじっと見つめた。

「なんだ？」

「あ、いえ……」

「ウィンナーだ」

「はい。あの、お野菜は？」

「……」

無言の公爵に、ティアナは何と言うべきか迷った。だが、彼が求めているのが従順な態度ではないことだけは、なんとなく分かった。

「レタスも、一緒に召し上がってくださいね」

「……ああ」

レタスも一緒に挟んだサンドウィッチに豪快にかぶりついた公爵は、相変わらず無表情に見えた。それでもティアナはなんだか嬉しくなって、我慢できずにクスクスと笑った。子どもたちは、そんなティアナを見てきょとんとしている。

公爵だけは無表情のまま、アイスブルーの瞳でじっとティアナを見つめていたのだった。

＊　＊　＊

「このままじゃ、まずいわ」

カタリーナの言葉に、ダニエルが顔色を青くする。

「あの女、どうやって公爵様に取り入ったのよ！　ちょっと家柄《いえがら》がいいだけの、なんの取《と》り柄《え》もない女が！」

大きな音を立てて、カタリーナがテーブルを叩いた。あまりの勢いに食器が揺れて、ティーポットが倒れる。せっかくの朝食が台無しになってしまった。

「なんとかしなきゃ……！」

カタリーナはイライラと爪を噛《か》みながら、考えを巡らせた。

第四章 ❖ 求める愛は

朝食の一件以来、公爵《こうしやく》は子どもたちとティアナを避《さ》けることをやめたらしい。毎朝のように子どもたちと一緒に食事を食べ、その後も時間が許せば子ども部屋に留《とど》まるようになった。そして午後には仕事のために書斎《しよさい》に戻り、夕方過ぎに再び子ども部屋に来て一緒に夕食をとるのが習慣になっていった。

ティアナも子どもたちも最初は戸惑《とまど》ったが、子どもたちの方はすぐに気にしなくなった。ティアナも公爵の視線を気にしつつも、いつも通り子どもたちと過ごした。というのも、公爵は無表情のままで子どもたちの様子を眺《なが》めたり、お茶を飲んだり、本を読んだりするだけだったからだ。子どもたちと積極的に話をするわけでも、ティアナの仕事に口を出すわけでもなかった。

(同じ時間を共有するだけでも、悪いことじゃないわよね)

子どもたちは公爵に憧《あこが》れを抱いている。その人が子ども部屋にいるというだけで、彼らにはよい影響《えいきよう》を与えるとティアナは考えた。予想通り、子どもたちは父親を真似《まね》ることで食事のマナーが急速によくなっていったし、父親が読んでいる難しい本に興味を示すようにもなった。

それらの本を読むためには読み書きを勉強しなければならないことを理解し、授業を真剣に受けるようになった。

ティアナは公爵がようやく父親として子どもたちに関心を向けるようになったと喜んだが、実はそれだけではないと気づいたのは、他でもない子どもたちだった。

公爵が子ども部屋に通い始めて一週間ほどがたった頃《ころ》、三人で並んで眠ろうとした時のことだ。

「お父様は、ティアナに会いに来てるんだよ」

「え？」

ジークハルトが唇《くちびる》を尖《とが》らせて言ったのだ。

「どういうことですか？」

「ずーっとティアナのこと見てた！」

アルノルトも同意するものだから、ティアナは驚《おどろ》いて双子の顔を代わる代わる見た。

「そんな、まさか」

「お父様、ティアナのことが好きになったんだよ」

「そうだよ、きっと」

二人はさらに唇を尖らせて言《い》い募《つの》る。

「僕らのティアナなのに」

「お父様に、取られちゃう」

子どもたちがぎゅっとティアナに抱きつくので、ティアナも二人を抱きしめた。

「私はお二人の家庭教師です。誰かに取られたりなんかしませんよ」

そう言って二人を宥《なだ》めたのだが、その翌日からまた風向きが変わることになった。


「これは、なんですか？」

午前の散歩から帰ってきたティアナと子どもたちを待っていたのは、色とりどりの布地にレース、リボン、そして帽子《ぼうし》などの装飾品の数々だった。それらが所狭《ところせま》しと子ども部屋に並べられていたのだ。その中央にいたのは、やはりアルマだった。いつかと同じように、ティアナは衝立《ついたて》の中に追いやられる。

「あ、あの、今日はいったい……」

戸惑いながら問いかけるティアナに、アルマが満面の笑みを浮かべる。

「前回は揃《そろ》いで仕立《した》てることができませんでしたから！」

あの夜会のドレスを公爵の服と揃いで仕立てられなかったことについて、どうやら後悔《こうかい》が残っているらしい。

「今度こそ、完璧《かんぺき》なドレスをお仕立ていたしますわ！」

アルマが意気込み、ティアナは目眩《めまい》を覚えた。衝立の向こうでは、従業員たちが次々と見本のドレスや布地を出しているらしい。箱を開ける音と衣擦《きぬず》れの音が鳴りやむ気配がない。

「流行のデザインですと、まずこちらですね」

「ふむ」

返事をしたのは公爵だった。

「おや、あまりお好みではない？」

「いや、試着してから決めよう」

公爵がううむと唸《うな》る声が聞こえてくる。彼のこんな風に迷うような声を聞いたのは初めてで、ティアナは驚いた。

「承知《しょうち》しました。お持ちした以外にも様々なデザインがございますよ。こちらは最新のカタログです」

「わあ！　これ、絶対ティアナに似合うよ！」

「だねぇ、かわいいね」

今度はジークハルトとアルノルトの楽しそうな声。

「どれだ」

公爵が尋《たず》ねると、二人の声がもっと楽しそうに弾んだ。

「これだよ、お父様！」

「ああ、確かに。似合うだろうな」

「靴はこれがいいよ！」

「ふむ。赤より青のほうがよくはないか？」

「そうかな？」

「でも、青ならこっちのデザインの方が可愛いよ」

「む。確かに」

「こっちのレースも可愛いねぇ」

「そうだな」

　などと、衝立の向こうからは親子三人の仲睦《なかむつ》まじい会話が聞こえてくる。

　にこにこ顔のアルマが最初にティアナに着せたのは、サファイア色の華やかなドレスだった。たっぷりとしたフリルに、銀糸で織ったレースのリボンが美しい。スカートにはところどころにガラスのビーズが縫《ぬ》い付けられている。シャンデリアの光があたると夜空の星のようにキラキラと輝いて、夜会でよく映えるだろう。

「悪くない」

　頷《うなず》く公爵の隣《となり》で子どもたちも手を叩《たた》いて喜んでいる。

「やっぱり青が似合うね！」

「ティアナは肌が白いから」

　再び公爵が頷くと、アルマも従業員たちもにんまり笑って暖色系《だんしょくけい》のドレスを片付け、青やシルバーのドレスを次々と出し始めた。また、従業員たちは紳士用《しんしよう》と子ども用の見本もしっかり持参《じさん》していた。ティアナが試着する間に、そのドレスに合わせるための自分たちの服を三人が選ぶ。

　子どもたちの嬉《うれ》しそうな声や笑い声が途絶《とだ》えることはなかった。こうなってしまうと、ティ

アナは大人しく着せ替え人形にならざるを得ない。

（旦那様とお子様たちが、あんなに楽しそうに……！）

ティアナは公爵親子とアルマに勧《すす》められるがままに、何着もドレスを試着したのだった。

この日以降、ティアナへの贈り物を持参する商人が頻繁《ひんぱん》に子ども部屋に出入りするようになった。それが二週間も続いたものだから、さすがに苦言を呈《てい》したティアナだったが、それに対して公爵は悪びれることもなく、

「女性への贈《おく》り物《もの》について子どもたちと学んでいる。これも教育の一環だ」

と、言い切った。

「嬉しくないのか？」

さらに反論しようとしたティアナに公爵が首を傾《かし》げるものだから、ティアナは溜息《ためいき》を堪《こら》えなければならなかった。ズレてはいるが、悪気のある人ではないと、もう知っているから。

「嬉しくないわけではありませんが……。着ていく場所もありませんので」

ティアナは公爵に納得してもらえるよう、できるだけ感情的にならずに現実的な理由を述べた。実際、あの夜会以降、招待はすべて断っている。仕事に集中したいし、あんな目に遭《あ》うのは二度とごめんだという思いがあった。

「……そうか」

公爵が頷いたので、ようやく贈り物が止まるかと思ったティアナだったが、その考えは甘かった。次の日からも商人たちの出入りは止《や》まなかったのだ。さらに数日後、

「週に一度、夕食は晩餐会《ばんさんかい》として本館の食堂に準備するように」

と、公爵が命じた。彼の言う食堂とは子ども部屋付きの食堂ではなく、本来公爵家の家族が全員で揃って食事をとるための部屋だ。

これには使用人たちも仰天《ぎょうてん》したが、主人の命令であれば仕方がない。ティアナも『子どもたちのマナーの勉強のためだ』と言われてしまっては反論の余地《よち》はない。

公爵家の晩餐会ともなれば、服装は正装でなければならない。もちろん、それに合わせて髪を巻いて華やかに結い上げる必要がある。この週に一度の晩餐会の日の午後には、ティアナは自室にこもって支度《したく》をしなければならなくなった。これには二人のメイドは大喜びで、張り切って支度をしてくれたのだった。

ちなみに、このイベントを一番喜んだのは、意外にも子どもたちだった。

「ティアナ、かわいい！」

「世界一だよ！」

「このリボン、やっぱりオールドローズにして正解だったな」

「そうだね。普通のピンクじゃ、浮いてたよね」

「次は、もっとシックなデザインでもいいと思うんだ」

華やかに着飾ったティアナを褒《ほ》め、次のドレスのデザインについて話し合う子どもたちの様子を見てしまっては、やはりティアナには何も言えなかった。

晩餐会の席では、公爵はそれほど多くを話すわけではなかった。子どもたちが楽しそうに話しながら食事する様子をじっと見つめ、ティアナが話題を振れば言葉少なだがきちんと答えた。子どもたちが何かを質問しても同様で、たまに目尻を下げて微笑《ほほえ》んでいるように見えるときもあった。

（楽しんでいないわけじゃないのね）

こうした日々を過ごすうちに、ティアナの中の公爵のイメージがどんどん更新されていった。無口で無表情だが、決して無感情ではない。元妻が残した手記にあったように、愛とは何なのかを知っている人なのだ。人とのつながりを持つことを恐れていただけで、決して人が嫌いなわけではなかった。

こうして、どこか寂《さび》しげだったロイツラー・ハウスは、一気に賑《にぎ》やかな雰囲気《ふんいき》になった。週に一度の晩餐会のために食堂を飾る花がどんどん入れ替えられ、家族を飽《あ》きさせないために家具や装飾の入れ替えも頻繁に行われた。料理人やフットマンたちは活気づき、屋敷全体が明るい雰囲気に包まれていったのだ。

さらに数週間後、その日は週に一度の晩餐会だった。子どもたちにマナーを教えながらゆっくり食べ進め、食後のスイーツを楽しんでいた頃、いつも通りほとんど話さずにいた公爵が急に口を開いた。

「夜会を開く」

思いがけない発言に、誰もが目を見開いて固まった。社交嫌いの公爵が自ら行事《ぎょうじ》を催《もよお》したことなど、未《いま》だかつてなかったからだ。もちろん、ティアナも子どもたちも手を止めて公爵の方を見た。

「本当に、夜会を？」

おそるおそる尋ねたモーリッツに、公爵はあらかじめ準備していた招待客リストを差し出した。それを受け取ったモーリッツが、その意図に気づいて一つ頷く。そんな様子に、ティアナも子どもたちも首を傾げるばかりだった。


その意図は当日になって明らかになった。

「ティアナ！」

「元気そうね！」

招待されたのは、シュミット伯爵《はくしやく》家《け》の縁者――ティアナの両親、そして兄姉《きようだい》とその家族ばかりだったのだ。ティアナには四人の兄と二人の姉がいる。その全員が社交界で出会った相手と結婚し、今は幸せな家庭を築《きず》いている。その息子《むすこ》や娘、つまりティアナにとっては甥《おい》や姪《めい》も勢揃いで、ロイツラー・ハウスが誇《ほこ》る大広間に子どもたちの笑い声があふれた。この日のために床板は鏡のようにピカピカに磨《みが》き上げられ、全てのシャンデリアに明かりが灯《とも》されている。その美しさに、皆が息を飲んでいた。

広間の中央では、楽団の演奏が始まった。今日のために十人からなる管弦楽団《かんげんがくだん》が呼ばれている。堅苦《かたくる》しい音楽ではなく軽快なリズムの行進曲から始まった演奏に、子どもたちが夢中になっている様子がかわいらしい。

ティアナと兄姉たちはその様子を横目に見ながら、互《たが》いの近況《きんきょう》を確認し合った。話題の中心は、やはりティアナのことだった。

「お前が働くって聞いたときは驚いたけど」

「ああ。まさか、結婚せずに働くとは思わなかった」

兄たちは口々に言いながら、うんうんと頷き合っている。

「まあ、お前が決めたことならって思ってたけど」

「心配してたんだぞ？」

「お前は泣き虫だからなぁ」

確かに、ティアナは泣き虫で甘えん坊の末っ子だった。一人で家を出て働く姿など想像できなかったのだろう。

「でも、安心したわ」

一番上の姉がティアナの肩《かた》を撫《な》でる。

「頑張っているのね」

「そうだな。いい仕事をしているみたいだ」

演奏が行進曲からワルツに変わった。楽団に促《うなが》されて、子どもたちがダンスを始めるらしい。その中心で、双子たちが誰よりも優雅な仕草でお辞儀をしていた。最近になって、『僕らもティアナと踊《おど》りたい！』と言うのでダンスのレッスンを始めたのだ。

「それにしても、雇《やと》い人《にん》のためにこんな会を開いていただけるなんてね！　公爵様は素晴らしい方だわ！」

　二番目の姉が嬉しそうに手を叩いた。その公爵は、ホールの片隅《かたすみ》でティアナの両親と何やら話し込んでいる。ティアナも兄姉たちも遠巻きに見ているだけなので何を話しているのかは分からないが。

「素晴らしい方、か……」

　これに顔をしかめたのは一番上の兄だった。その表情を見て、他の三人の兄たちも険しい表情を浮かべる。

「ちょっと、こんな席でやめなさいよ」

　二番目の姉が注意するが、兄たちは互いに顔を見合わせて首を横に振った。

「きちんと話した方がいい」

　なんのことか分からず首を傾げるティアナに、姉たちは気遣《きづか》わしげな表情を向けつつも小さく頷いた。

「あのね……」

　公爵と両親の様子を窺《うかが》いながら、扇子《せんす》を口元に当てて切り出したのは二番目の姉だった。

「社交界で噂《うわさ》になっているのよ。公爵様が、ティアナのことを、その……」

　言いにくそうな姉の肩を二番目の兄がポンと叩いた。

「公爵様がティアナを必死で口説いているらしいって、噂になっているんだよ」

「ええ!?」

驚きで思わず声を上げたティアナに、兄姉たちが人差し指を立てた。

「しーっ！　ご本人の耳に入ったらどうするの！」

「ご、ごめんなさい。でも、どうしてそんな噂が？」

そんなことなどあり得ないのに、とティアナは内心で憤慨《ふんがい》した。

「だって。公爵家には女性の家族はいないのにアルマ女史を度々呼びつけているし、宝石商も頻繁に出入りしてるって。ぜんぶあなたへの贈り物だろうって」

ティアナは頭を抱えた。確かに、それらは全て事実だ。だとすれば、そういう噂が立つことも仕方がない。仕方のないことだが、社交界の噂好きたちには正直呆《あき》れる。

「でも、それは好意的な方の噂だ」

「え？」

一番下の兄が眉《まゆ》をひそめて、横目で公爵の方を見た。

「ティアナが公爵をたぶらかして、公爵家でわがまま放題しているんだろうって。家庭教師の分際《ぶんざい》でって。そういう噂の方が、ずっと多い」

兄姉たちが気まずそうに顔を見合わせた。みんながその噂を耳にしたらしい。

「それも、仕方がありませんね」

ティアナが溜息を吐《つ》くと、一番下の兄の眉がさらに吊《つ》り上《あ》がった。

「仕方がなくなんかない。公爵様があいまいな態度をとるから、こんな噂が立つんだ」

少し語気が荒くなったが誰も止めたりはせず、それどころか同じように眉をひそめた。

「本当なら、とっくにティアナに求婚しているべきなのに」

これに、姉たちも頷いた。

『婚姻統制法《こんいんとうせいほう》』によれば、不妊の女性は原則として結婚することができない。また、子どもを二人以上儲《もう》けてから離婚して独身になった男性も、基本的に結婚することはできない。この国では、『結婚』というものを女性が効率よく出産するための枠組みだと考えているからだ。

ただし、いくつか例外がある。

一つは『自由恋愛』の権利を持つ女性が男性に求婚した場合だ。この場合は、男性が既婚者だろうと独身者だろうと高齢だろうと、男性が承諾《しょうだく》さえすれば結婚することができる。

もう一つは、男女ともに貴族や王族の場合だ。この場合も、無条件に婚姻が許可される。

ユーベルヴェーグ公爵は既《すで》に二人の子を儲けているので結婚の義務はないし、自分から女性に求婚することは基本的にできない。ただし、貴族の家から新たな妻を迎えるのなら話は別だ。

ティアナも不妊ではあるが、貴族同士の婚姻であれば結婚が許される。だからこそ、婚約破棄されたときに彼女の両親は必死になって新たな縁談を探し回ったのだ。

「家庭教師として雇った女性に求婚するのもどうかと思うけど、今のままにするよりずっとましだ」

一番上の兄は、やはり横目で公爵を睨《にら》みつけた。妹が不当な噂話の的にされていることに腹を立てているのだ。

「そうよね。それに、ティアナだって今のまま働くよりも、結婚した方が幸せになれるんじゃない？」

「そうよ」

　姉たちも心配そうな表情を浮かべている。

「ティアナは、どう思っているんだ？」

　三番目の兄が眉を下げてティアナの顔を覗《のぞ》き込《こ》む。皆、心配しているのだ。

　ティアナは何と答えるべきか、黙《だま》り込《こ》んで考えた。

　ダニエルに捨てられたと知った時、彼女は結婚に幸せな未来を見出《みいだ》すことができなくなり、働く道を選んだ。

（でも、もしも……。もしも、旦那様に愛されて結婚するなら……）

　それは、彼女がかつて憧れた『幸せな結婚』なのかもしれない。それでも、ティアナは簡単に頷くことはできなかった。

（旦那様が私に向けるものが愛のようなものだとして、それは男女の情愛なのかしら？）

　そんな疑問が消えないのだ。公爵がティアナを見つめる瞳《ひとみ》は子どもたちにそっくりで、むしろ母親の愛情を求めているようにも見える。母親に愛された記憶の薄《うす》い彼が、その代わりの愛情をティアナに求めていると考えるのは、むしろ自然なことのように思えた。

　それに、ティアナにとって結婚とは働くことをやめるのと同義だ。それは、今の彼女にとって喜ばしいことではない。

「……私、働くのは別に嫌じゃないの」

ぽつりとこぼしたティアナに、兄姉たちが驚いて目を見開く。貴族として生まれ育った彼らは汗水流す労働とは無縁で、むしろ働くことは屈辱《くつじょく》だとさえ思っているだろう。ティアナもかつてはそうだった。それが貴族というもの、身分制度というものだ。もちろん口には出さないが。

ティアナは、これまでに出会った働く人々のことを思い出していた。ペトラやエルザ、アルマ。そして、執事《しつじ》やフットマン、料理人、庭師……。公爵家に来るまでは、当たり前にそこに存在しているだけだった人々だが、今はそうは思えない。自分ではない誰かのために必死に体を動かし、汗を流す。そして、周りの人々と助け合いながら、その誰かの幸せのために心を傾ける。それが、働くということだ。ティアナは、自分がその一員になれたことを誇りに思うようになっていた。

「私は、今のまま家庭教師の仕事を続けたいわ」

大きなケーキが運ばれてきて、子どもたちから歓声が上がった。これから、主催側である双子の手によって切り分けられて、お客様に提供《ていきょう》することになっている。

「お二人が大きくなられたら、また次の家庭教師の口を探すわ。そうやって職業婦人として生きていくの。……悪くないと思わない？」

ティアナは今、心からそう思っている。この仕事に確かな手応《てごた》えを感じているし、周囲にも認められている。それは、誰かの妻になることや子どもを産み育てることと同等の価値があると、胸を張って言える。

「……そうよね。結婚したらしたで、苦労だってあるもの」

「ずっと独り身ってことは、自由にどこへでも行けるのよね」

「その生き方って、ちょっと羨《うらや》ましいわ」

姉たちがうっとりと言うので、ティアナは嬉しくなった。人より優れた人物になりたいとは思わないが、人に羨まれる生き方をするというのは気分の悪いものではない。

「ティアナ！」

「ケーキ食べようよ！」

双子たちがティアナに駆《か》け寄《よ》ってきた。

「イチゴ入ってる？」

「さあ、どうでしょう？」

「切り分けるの、ティアナも手伝ってくれる？」

「もちろんです」

「早く！」

「いこ！」

二人に手を引かれて、ティアナは改めて自分がいかに幸せであるかを実感した。

（結婚が全てじゃない……）

婚約《こんやく》破《は》棄《き》されて泣きじゃくっていた頃の自分に、そう言ってあげたいと思った。

（寂《さび》しくないわけじゃないけど……）

今のままでは、自分の家庭を築くことはできない。家族がいなければ、老後は一人寂しく暮らすことになるし、最期の時は一人で迎えることになるだろう。

（それでも。私は、今のままでいいわ）

心の片隅に小さなしこりがあるとしても、その痛みと共に生きていくと決めたのだ。


その翌日からも、公爵はせっせと子ども部屋に通ってきた。最初は『ティアナを取られるのでは』と彼を警戒《けいかい》した子どもたちだったが、それはほんの短い間のことだった。相変わらず公爵の方から積極的に話したり遊んだりするわけではないが、子どもたちが話すのにはじっと耳を傾けたし、彼らの質問には淡々とした口調ながらもきちんと答える。ティアナが知っている父親と子どもの関係とは少し違うが、これが彼らの親子の形なのだろう。

こんな日々が続くうちに、ティアナと公爵の関係にも少しずつ変化が訪れた。

子ども部屋で、食堂で、ギャラリーで、庭園で……。一緒にいたはずの子どもたちが何かと理由をつけて離れていくので、ティアナと公爵が二人きりになることが徐々《じょじょ》に増えていったのだ。長い時間ではないし、互いに饒舌《じょうぜつ》に話すわけではない。それでも、何気ない会話を楽しむその時間が、ティアナは嫌いではなくなっていた。むしろ、そのささやかな時間を愛《いと》しいとさえ思うようになっていた。


ティアナが公爵家の家庭教師になってから、半年がたち、季節は秋。

ティアナと子どもたち、そして公爵の一行は、公爵家の領地《りょうち》に向かうことになった。これまでは公爵一人で行っていた年に一度の視察に、子どもたちもついて行きたがったのだ。当然、ティアナも同行することになった。

首都から西へ半日ほどの距離《きょり》を汽車で移動する。

「わぁ」

白い煙《けむり》を吐《は》く大きな黒い塊《かたまり》を見上げて、ティアナも子どもたちも思わず声を漏《も》らした。三人とも汽車に乗るのは初めてなのだ。また、三人は首都の外に出ること自体も初めてだった。

「こんな大きなものが動くんですか？」

感心するティアナに公爵が頷いた。

「これも旧時代の遺物《いぶつ》だ。今の技術力では造ることはできないらしい」

壊《こわ》れてしまえば、二度と再現することはできない。そういう貴重な乗り物だ。ティアナは公爵に手を取られて恐る恐る客車に乗り込んだ。公爵家が一両を貸し切っている客車は絨毯《じゅうたん》の敷《し》かれた豪華《ごうか》な内装だった。ふかふかのソファが置かれ、テーブルには飲み物も準備されている。

「すごいね！」

「大きな窓！」

子どもたちは大はしゃぎでソファに駆け寄って、さっそく窓から外を眺めた。汽車が出発する駅は首都の中央にあるので、今は窓の外を見ても見慣れた町並みが見えるだけだ。だが、少し進めば初めての外の世界を見ることができる。ティアナも内心でわくわくしながら、子どもたちの隣に腰《こし》掛《か》けた。

しばらくすると、ピーッという甲高《かんだか》い音が鳴った。

「なんの音ですか？」

「汽笛だ。まもなく出発する。揺《ゆ》れるから気を付けろ」

言われて、子どもたちは窓の外を見るために半分浮かせていた腰を下ろして、きちんとソファに深く腰かけた。最近では、こうして公爵が子どもたちを注意したり、ものを教えたりすることが増えた。日々、父親として何をすべきなのかを彼も考えているのだろうとティアナは嬉しい気持ちになる。

ほどなくして汽車が出発し、窓の外に見える景色が変わった。首都の外には、まず工業地帯が広がっていた。汽車と同じく旧時代の技術を使った様々な製品を製造する工場が立ち並んでいるのだ。

「わあ、もくもくだね」

「ねえ、空が見えない」

煙だらけの工業地帯を通り過ぎ、いくつかの街を通り抜け、そして田園《でんえん》地《ち》帯《たい》に出る。田畑が広がり、その中を農夫たちが動き回っているのが見えた。

「牛だ！」

「豚もいるよ！」

牧場に動物を見つけて、子どもたちが興奮《こうふん》した様子で指さして教えてくれる。

いくつかの街や田園地帯を通り抜けると、いよいよ西部地域に入っていった。西部地域には、さらに広大な田畑が広がっていた。そして、その先の遠くの空が淀《よど》んでいるのが見て取れた。首都にいるときには見えなかった、国境線の向こう側だ。

（あれが……）

魔物《まもの》が住む瘴気《しょうき》の森。その森が年々広がり、人の住む土地が少しずつ侵《おか》されている。

（あれさえなければ）

あの森さえなければ、『婚姻統制法』が制定されることはなかった。あの森さえなければ、どんな人も自由に生きることができるのに。

彼女の隣では子どもたちが小さな寝息を立て始めていた。公爵も手元の本に視線を落としたまま、うとうとと居眠りをしている。珍《めずら》しい姿だ。汽車はタタンタタンと小気味よいリズムを刻みながら進んでいくので、眠気を誘《さそ》われるのだろう。

目的地まではまだ時間がかかる。ティアナも彼らと同じように目をつむった。どうしようもないものをいつまでも睨みつけていても時間の無駄《むだ》でしかないのだ。

半日後、到着した駅からさらに馬車で移動し、一行が到着したのはスハイデンヴェルト城。彼らが暮らす首都のロイツラー・ハウスよりももっと古い歴史を持つ、かつて北の国と戦争をしていた頃には要塞《ようさい》として使われていたという石造りの城だ。

門をくぐり庭園を抜けて中に入ると、外観の武骨《ぶこつ》さとは裏腹に公爵家の居城《きょじょう》に相応《ふさわ》しい格式ある空間が広がっていた。特にマーブル・ホールと呼ばれる、大理石《だいりせき》の床と古代の神殿《しんでん》を思わせる円柱が整然と並ぶ玄関ホールは圧巻《あっかん》だった。その他にも五世紀以上前に造られた礼拝堂や広間の天井に描《えが》かれた神話の絵など、どこを見ても美しいものばかりだった。

一行が到着した当日は、城内のいたるところに保存されている歴史的な建築や家具、絵画を見学して回るだけで終わってしまった。公爵も一緒について回って、一つ一つの来歴を丁寧《ていねい》に教えてくれた。子どもたちも興味津々《しんしん》で城の中を見て回ったが、一日で全てを見ることができないほどだった。

その日の夜は城の庭園で、領民たちが準備してくれた新鮮な食材でつくった豪華な料理でもてなされた。レンズ豆と鶏肉の煮込み、サーモンパイ、アーモンドミルクのプディング、リンゴのタルト、洋ナシのワインシロップ、いちごのポタージュ、レモンのフリッター、そしてメインには豚の丸焼きが並ぶ。

さらに領民の子どもたちが集まって公爵一家を出迎える歌を歌い、彼らにも料理が振舞《ふるま》われた。庭園はさながら大宴会《だいえんかい》の様相で、双子たちもとても楽しそうだ。

問題はティアナがまるで家族の一員かのように座らされそうになったことだった。上座に置かれた長テーブルの中央に公爵、その右隣に二人の子どもたち、そして左隣にティアナの席が準備されているのを見てティアナは頭を抱えた。

「旦那様」

「なんだ」

「私はここには座れません」

席までティアナをエスコートした公爵が、ティアナの言葉に顔をしかめる。今日のティアナは新しく誂《あつら》えたマリンブルーのドレスを着ている。レースやフリルは控《ひか》えめに、布地と同じ色の絹糸で刺された水紋《すいもん》の柄《がら》が美しい逸品《いっぴん》だ。公爵も同じ布地で仕立てた同じ刺繍の服を着ているため二人はまるで夫婦のようで、領民の中には新しい奥様が来たのだと、勘違いして喜んでいる人もいる。

（このまま流されちゃいけないわ）

ティアナは頑《かたく》なに自分の隣に座らせようとする公爵をかわして、なんとか子どもたちの隣、端《はし》の席に腰掛けた。

「なんであっちに座らないの？」

自分たちの隣にやってきたティアナに、ジークハルトが首を傾げた。彼が指さした『あっちの席』では、公爵が相変わらずの無表情でティアナの方を見ている。

「お父様、寂しそうだよ？」

アルノルトが公爵とティアナの顔を代わる代わる見ながら言い募るが、ティアナは肩をすくめただけでそれ以上は何も言えなかった。この微妙《びみょう》な状況を子どもたちにどう説明すればいいのか分からないのだ。

（はっきりと何かを言われたわけでもないしね）

はっきりと求愛されれば、はっきりと断ることもできるのに。ティアナは内心で深い溜息を吐いた。

そんな彼女の心情など何も知らない領地の人々は、賑やかに領主一家をもてなした。音楽が鳴り響き、ダンスが始まると子どもたちも一緒になって踊り始めた。その様子を公爵が静かに見守り、すぐ近くでは同じようにティアナが子どもたちを見つめる。この数週間ですっかり当たり前になってしまった幸せな情景だ。

だが、ティアナの胸には不安がつきまとっていた。

（この時間は、いつまでも続かない）

ティアナはただの家庭教師だ。子どもたちが大きくなれば公爵家を去り、新たな勤め先を探さなければならない。子どもたちと過ごす時間が、公爵と過ごす時間がかけがえのないものになればなるほど、その事実に胸が押しつぶされそうになる。

公爵と結婚すれば解決するのかもしれない。一時の寂しさはまぎれるし、愛《いと》しい子どもたちと共に過ごす時間を引き延ばすこともできるだろう。だが、それだけだ。そのためだけに結婚を選ぶことは、労働の義務を逃れるために結婚するのと大差ないように思えた。

ティアナは自分がどこへ向かうべきなのか、分からなくなってきていた。

次の日、子どもたちは虫取りをすると言って庭に出た。ティアナもついて行こうとしたが、

「ティアナは背が低いからだめ！」

と言って、執事とフットマンを引き連れて行ってしまった。彼らに手伝ってもらって、木の上の方にやってくる虫を捕《つか》まえるのだという。仕方がないので、ティアナはバルコニーに置かれたソファに腰を落ち着けた。フットマンたちが子どもたちの様子が見える場所にわざわざ運んでくれたのだ。さらに紅茶と軽食が運ばれてきた。

彼らに礼を言って午後のティータイムをゆっくり過ごそうと紅茶に手を伸ばそうとした時、公爵がやってきた。よくよく見れば、紅茶も軽食もきっちり二人分準備されている。

「……旦那様」

「なんだ」

ティアナは、自分の隣に腰掛ける美貌《びぼう》の男性が首を傾げる様に溜息を吐いた。

「なぜ、そこに座られるのですか？」

テーブルを挟《はさ》んだ向かいにも椅子《いす》が準備されている。ティアナにとっては夫でもない、恋人や婚約者ですらないのだから、本来なら公爵はその椅子に腰掛けるべきなのだ。

「君の隣に座りたいと思ったからだ」

「……主人と家庭教師の、適切《てきせつ》な距離《きょり》感《かん》とは思えません」

「そうだな」

相変わらず無表情のまま、公爵が頷いた。そして、じっとティアナの方を見つめる。

「いつまで気づかない振りをするつもりだ？」

「……なんのことでしょうか？」

公爵が何を言いたいのか、それはティアナにも分かっている。それでも、気づかない振りを続けるしかないのだ。

「子どもたちも気づいている」

『お父様、ティアナのことが好きになったんだよ』と言ったのは、ジークハルトだったかアルノルトだったか。ティアナは、ぎゅっと眉を寄せて無言を貫《つらぬ》いた。

「……私が子ども部屋に通うのは、君に会うためだ」

はっきりと言われたのは、初めてだった。一瞬たじろいだティアナだったが、すぐに首を横に振る。

「いいえ。お子様たちの成長を見守るためです」

「違う」

言い切った公爵が、今度はティアナの手を取った。あまりにも優しい手付きで指を撫でられて、ティアナは頬《ほお》に熱が集まるのを止められない。

「一人でいると、君に会いたくてたまらなくなる」

アイスブルーの瞳が、ティアナを見つめる。

「困ります」

握《にぎ》られた手を軽く振《ふ》り解《ほど》いてから、ティアナはその視線から逃《のが》れるように顔を伏せた。そのまま見つめ合っていては、いけない気がしたのだ。

「なぜだ」

問いかける声は愛を請《こ》うているとは思えないほどいつも通りで、ティアナはそれが無性に悔《くや》しくて唇を噛《か》んだ。見つめられて嬉しいのに、嬉しくない。もっと手を握ってもらいたいのに、そうしてはいけないと思う。心の中はめちゃくちゃで、今にも叫《さけ》びだしたいほど混乱しているのに、いつも通りの無表情な目の前の男が恨《うら》めしいのだ。

「私は公爵家の家庭教師ですから」

公爵が再び手を握ろうとしたのを、ティアナはソファから立ち上がることで避ける。そのまま、そっぽを向くように庭園の方を見つめた。美しく整えられた庭園のさらに向こう、雑木《ぞうき》林《ばやし》のあたりから子どもたちの楽しそうな声が聞こえる。

「世間体《せけんてい》なら気にする必要はない」

「そういう問題ではありません」

「では、どういう問題だ」

背後でソファがギシリと音を立てた。公爵が立ち上がったのだと分かったが、振り返ることはできない。ティアナは振り返ることなく、言った。

「私は、子どもを産むことができませんから」

公爵の足が止まる。

「だから、働いているのです」

それは、何をどうしても変えられない事実だ。

（彼の愛を受け入れて、結婚して……。その後は？）

ティアナには常に不安が付きまとうことになる。自分の子どもを持てない彼女は、夫の愛がなくなれば、また一人になるしかないのだから。ならば、最初からずっと一人でいればいいのだ。一人でも生きていくためには働くしかない。働いて、役割を全うして、周囲に認められて、自分の居場所を自分の手で作り続けるしかない。アルマや他の不妊の女性がそうしているように、一人でも強く生きていくしかないのだ。

「私は職業婦人として生きていくことを決めたのです。どうか、邪魔《じゃま》をするのはおやめください」

ティアナは一息に言ってから、バルコニーから庭に下りて薔薇《ばら》園の中に逃げ込んだ。そんな彼女に公爵が追い縋《すが》る。すぐに追いつかれて手を引かれ、その懐《ふところ》に抱き込まれてしまった。

「離《はな》してください！」

「……嫌なのか？」

問われても、ティアナには返事のしようがなかった。なぜなら、

決して、嫌ではないのだ。だが、彼女にはそれを口にすることができない。

（……嫌じゃ、ない）

「私は君に無理強いするつもりはない。ただ、少しだけ考えてほしい」

この段になって初めて、ティアナは公爵の手が僅《わず》かに震《ふる》えていることに気づいた。

「君にだけは……ずっと、そばにいてもらいたい」

喉《のど》の奥から絞《しぼ》り出すような、縋るような声だった。いつも無表情で、何事にも動じない公爵

のこんな姿を見るのは初めてのことだ。

「どうして、ですか？」

思わず問いかけたティアナに、公爵が深く息を吐く。言葉を選んでいるらしい。

「……母親の愛を、求めているのではありませんか？」

問いかけておいて、先に口を開いたのはティアナだった。反論を許さないと言わんばかりに早口でまくし立てる。

「失礼を承知で申し上げますが、公爵様はお母様に愛された記憶《きおく》がない。だから、私に母親としての愛情を求めているのではありませんか？」

公爵の両親は早くに離婚し、それぞれが新しい配偶者《はいぐうしゃ》を迎えて遠くで幸せに暮らしている。彼が五歳になるよりも前からだ。そもそも、彼には両親と幸せに暮らした経験すらない。だからティアナに母親としての愛情を求めているに違いないと、彼女は確信していた。だからこそ、彼の愛に応えることはできない。ティアナが彼に向ける感情は、母親のそれではないから。二人はいずれ擦れ違っていくだろう。互いに求める愛が違うのだから。

「それは……」

「旦那様のそれは、勘違いです」

はっきりと言い切ったティアナが公爵の腕《うで》を振り払う。そして、俯《うつむ》いたまま膝《ひざ》を折った。

「失礼いたします」

一人取り残された公爵の表情を見てしまわないように、ティアナはくるりと踵《きびす》を返して城の中に駆け込んだ。そのまま、大理石の玄関を抜け、螺旋階段《らせんかいだん》を駆け上がり、自分にあてがわれた部屋に飛び込んだ。ティアナは自分の身体《からだ》を抱きしめて、胸の高鳴りを抑《おさ》えようと必死になった。腕や肩に触《ふ》れた大きな掌《てのひら》の感触を、あの胸の温《ぬく》もりを、忘れなければならない。

（私が旦那様に懸想《けそう》することは万に一つもございません、なんて言い切ったのに……）

ティアナは真っ赤な顔のほてりを押さえつけるように両手で顔を覆《おお》って、その場に座り込んだ。

（情けない……！）

その夜、ティアナは久しぶりに一人で眠りについた。情けなく泣きじゃくる顔を、子どもたちに見られたくなかったから。

「見て、ティアナ！」

「きれいだね！」

「山が燃えてるみたいだ！」

滞在《たいざい》三日目の今日は、夜明け前に屋敷を出発して馬車に揺られている。

「きれいな紅葉ですね」

「すごいね」

「きれいだね」

子どもたちは馬車の窓から見える景色に大はしゃぎだ。

「……君も紅葉を見るのは初めてだろう？」

ティアナの向かいで腕を組んで黙り込んでいた公爵が、不意に尋ねた。気まずい雰囲気をなんとかしようと、無理やり話題を振ったようだ。

「……はい」

ティアナは表情を引き締めて、短く答えた。確かに赤く燃えるように色づいた紅葉を見るのは初めてだが、だからといって子どもたちのようにはしゃぐような年齢でもない。ティアナは返事以上のことは何も言わなかった。

前日の一件以降、公爵と必要以上の会話を交わさないように細心の注意を払っているのだ。

（私の想いに、気づかれてはいけないから……）

「……」

「……」

公爵とティアナの間に沈黙《ちんもく》が落ちた。子どもたちは相変わらず座席の上に乗り上げて窓の外を見てはしゃいでいる。

「ティアナ……」

「間もなく到着です」

何か言いかけた公爵を遮《さえぎ》ったのは、外から聞こえた従者の声だった。ティアナはこれ幸いとばかりに、子どもたちに声をかける。

「さあ、到着ですよ。靴を履きましょうね。今日はたくさん歩きますから、紐《ひも》をしっかり結びましょう」

「はーい」

子どもたちに靴を履かせて紐をしっかりと引き締め、身支度を整えている間に馬車は目的地に到着した。山の中腹に建てられた山小屋だ。

「あまり遠くへ行かないように」

「わかっています」

「何かあれば、すぐに知らせろ」

「はい」

ティアナと短いやりとりをして、公爵は早々に数人の従者と狩人《かりうど》を伴《ともな》って森の奥へ入って行った。公爵の領地では、年に一度の狩りが領主の義務だ。秋の初めに獲物《えもの》を狩り、その年の実りを占うとともに豊穣《ほうじょう》を祈る神事なのだとか。ティアナと子どもたちには首都から一緒に来たモーリッツや執事、フットマンが数人と現地の案内役の青年が随行《ずいこう》して、森の散策に出掛ける。

森の奥へと去っていく公爵の後ろ姿を見ていたモーリッツが、不意に可笑《おか》しそうに笑った。

「どうしたんですか？」

「いえ、旦那様がお可愛らしくて」

「可愛らしい？」

首を傾げたティアナに、モーリッツが微笑む。

「本当は狩りなどせずに、ティアナ様や坊ちゃまたちとお過ごしになりたいのでしょう」

確かにそうかもしれないと、ティアナは思った。せっかく旅行に来たのだから、公爵は子どもたちと一緒に過ごしたいだろうと。事実、領地に来てからほとんどの時間を一緒に過ごしている。

（私とも……）

一緒に過ごしたいと思ってくれているだろう。だが、ティアナにとってはこの別行動はありがたかった。互いに頭を冷やす時間になるだろう。

「アル、行くぞ」

「うん。ジーク、虫かごの準備は？」

「完璧だ。虫取り網《あみ》は？」

「バッチリ！」

「よし、行くぞ！」

子どもたちは散策しながら昆虫《こんちゅう》採集《さいしゅう》をするらしい。

「ティアナ、行くよ！」

「はい」

子どもたちは、すっかり植物や昆虫などの生き物の観察に夢中だ。ティアナとモーリッツも、ワクワクした様子で森に入っていった子どもたちを追いかけた。

「旦那様は、片時も離れたくないのでしょう」

モーリッツは子どもたちの後ろについて歩きながら、また嬉しそうに言葉を漏らした。

「ええ。最近の旦那様は、坊ちゃまたちとお過ごしになる時間を大切にされていますからね」

ティアナは思わず早口でまくし立てた。その様子に、モーリッツがさらに笑みを深くする。

「そうですね」

何か言いたげな彼の視線から逃れるように、ティアナは足早に子どもたちを追いかけたのだった。


異変が起こったのは、その数時間後のことだった。

「あちらに珍しい昆虫の集まる木があるのです。行ってみますか？」

「行く！」

ティアナたちの散策を先導していた地元の青年の案内で、少しばかり奥まった場所へ入ることになった。そこは鬱蒼《うつそう》と茂《しげ》る針葉樹の森で、先程まで散策していた森とは打って変わって不気味な雰囲気が漂っている。

「さあ、こちらです」

青年と子どもたちが、先へ先へと進んでいく。

「お待ち下さい！」

彼らの足が速いので、ティアナとの距離が徐々に開いていく。

「ティアナはそこで待っててよ！」

「いけません！　止まってください！」

「大丈夫だよ！」

嫌な予感がして、ティアナは必死に子どもたちを引き留めようとしたが、その声がどんどん遠くなる。そしてついに、その姿が見えなくなった。

その時だ。

「うわぁ！」

ティアナの後ろから叫び声が聞こえた。慌《あわ》てて振り返ると、モーリッツが黒ずくめの男に襲《おそ》われていた。

「モーリッツさん！」

「坊ちゃまたちを！」

倒れざまにモーリッツが叫ぶ。さらに数人の黒ずくめの男たちが現れて、フットマンたちに次々と襲いかかった。ティアナは震える足を叱咤《しった》して、駆け出した。

「ジークハルト坊ちゃま！　アルノルト坊ちゃま！」

何度呼んでも返事がない。

「そんな！」

転がるようにして森の中を駆けた。後ろからは、ティアナを追いかける誰かの足音が迫る。

「坊ちゃま！　坊ちゃま！」

逃げながら、とにかく叫んだ。早く二人の安全を確保しなければ。ティアナは、その一心だった。

「……アナ……！」

遠くから、アルノルトの声が聞こえた。

「ティアナ……！」

今度はジークハルトの声。

「坊ちゃま！　そこを動かないで！」

ティアナは、わずかに聞こえる声を頼《たよ》りに必死に森を進んだ。

「ティアナ！」

「ティアナぁ！」

「すぐに、そちらに行きますから！」

不気味な気配がティアナを追いかけてくる。それでもティアナは必死に足を動かし続けた。

「ティアナ！」

果たして、二人は薄暗い森の中、大きな岩の陰《かげ》で肩を寄せ合っていた。

「坊ちゃま！」

「ティアナ！」

二人の顔が涙で濡《ぬ》れていて、ティアナは駆けてきた勢いのままで二人を抱きしめた。

「お怪我《けが》はありませんか？」

「大丈夫だよ」

「案内役の彼は？」

「ここで動かずに待ってろって……」

　状況から見て、案内役の青年はモーリッツたちに襲いかかった黒ずくめの男たちの仲間ということで間違いない。だが、今はそんなことを考えている時間はなかった。ティアナの背後から、足音が迫ってくる。

「ティアナ……？」

「ねえ、何があったの？」

　ティアナは、子どもたちの手をぎゅっと握りしめた。後ろからは暴漢《ぼうかん》、目の前には薄暗い森。どちらに進むべきか決められない。

「……お嬢《じょう》ちゃん、そう怯《おび》えるなよ」

　森の奥から、しわがれた声が聞こえてきた。

「どちら様ですか？」

「お貴族様に名乗るような名は持っちゃいねえ」

「では、何が目的ですか？」

　周囲を見回してみても、声の主の姿は見えない。代わりに、ざわざわと不気味な気配だけが押し寄せてくる。子どもたちが、ティアナのスカートにぎゅっとしがみついた。その肩がガクガクと震える。

（もしものときは、この身を盾《たて》にしてでも守らなければ）

そう決意して、改めて声のする方を睨みつけた。木陰《こかげ》の向こうの気配がざわりとうごめく。

「首都には帰るな」

「え？」

思わぬ言葉に、ティアナは声を上げた。

「帰れば、今度こそ殺す」

「殺、す……？」

「お嬢ちゃんじゃないぞ、その坊ちゃまたちを、生きたまま引《ひ》き裂《さ》いてやる」

ティアナの背筋を、ぞわりと悪寒《おかん》が走った。

「どうして……」

「忠告はしたぞ。……首都には帰るな」

それが、最後の一言だった。暴漢たちの気配が森の奥へと消えていく。全ての気配が消えて不気味な森の木々が揺れる音だけが残されると、ティアナはすっかり足の力をなくしてペタリとその場に座り込んだ。

「ティアナ！」

「大丈夫？」

「怪我したの？」

そんなティアナの顔を子どもたちが覗き込む。ティアナの顔は、真っ青だった。

「大丈夫ですよ」

「でも……」

「さあ、ここに座って」

ティアナは子どもたちを膝の上に座らせて、その身体をぎゅっと抱きしめた。自分が羽織《はお》っていたマントを子どもたちに着せかけて、その上から二人をぎゅうっと抱き締める。

「このまま、ここで待っていましょう」

「戻らなくていいの？」

「道が分かりませんから。こういう時は、動かないほうがいいんですよ」

「ん」

「わかった」

「じきに、旦那様が探しに来てくれますから」

ティアナは、自分に言い聞かせるように言ったのだった。

『首都には帰るな』

暴漢の言葉が脳裏《のうり》に蘇《よみがえ》る。

（あれは、私に対する脅迫《きょうはく》だわ）

暴漢たちの目的は公爵家の嫡子《ちゃくし》である子どもたちではなく、ティアナだった。彼らは、ティアナを首都に帰したくないらしい。ティアナに恐怖《きょうふ》心《しん》を植え付けるために、わざと彼女を追いかけ回したのだ。

（でも、どうして……？）

彼らの目的が分からず、ティアナはその身体をブルリと震わせた。

（私が、お二人を巻き込んでしまった）

ティアナは子どもたちを抱きしめる腕に、さらに力を込める。それに応えるように、二対のアイスブルーの瞳が彼女を見つめた。

「ティアナ？」

不安そうに揺れる瞳に、ティアナの胸が締め付けられる。

「大丈夫ですよ。何も心配はいりませんからね」

ティアナにできることは、にこりと笑って二人を抱きしめることだけ。そうして、不安を紛《まぎ》らわせることだけだった。

それから数時間後、森の向こうから三人を呼ぶ声が聞こえてきた。

「おーい！」

「こっちだよー！」

子どもたちが必死に叫ぶと、大勢の人の気配がこちらに向かって動くのが分かった。ややあって、不気味な森の向こうから真っ先に姿を現したのは公爵だった。顔中を汗で濡らし、体中に枯れ葉や枯れ枝のついたひどい有様だった。それだけ、必死の思いで三人を探していたのだ。

「無事か！」

公爵が駆け寄ると、子どもたちがその身体に飛びついた。

「お父様！」

「こわかった！」

　二人は口々に訴えながらボロボロと涙をこぼして父親に縋りつく。ティアナはほっと息を吐いて、その場に座り込んだ。その肩をモーリッツが支える。

「モーリッツさん、お怪我は？」

　ティアナが尋ねると、モーリッツは苦笑いで彼女の肩を支えたのとは反対の手を掲《かか》げて見せた。添《そ》え木《ぎ》をした腕を三角巾で吊っている。

「まさか、骨を折られたんですか⁉」

「ええ、そりゃあもう。見事にポッキリと」

　真っ青な顔のティアナに、モーリッツがわざとおどけて言う。

「他の者は軽傷ばかりです。骨を折られた私が一番重傷なくらいですから、安心してください」

「そうですか」

　それを聞いて、ティアナもようやくホッと息を吐くことができた。

「日が暮れる。まずは山小屋に戻ろう」

　公爵の号令で全員が一斉に動き出した。公爵は指示を出しながら子どもたちを執事の背に乗せた。子どもの歩く速度に合わせていては日没に間に合わないからだ。他の場所に捜索《そうさく》に向かった面々には、無事に見つかったことを知らせるための使いが走る。

　次いで、公爵はティアナの前に背を向けてうずくまった。

「乗れ」

彼女を背負って歩くつもりなのだ。ティアナは慌てて首を横に振った。

「結構です。自分で歩けますから」

「日が暮れては身動きが取れなくなる。わがままを言うな」

そう言われてしまっては、それ以上拒否《きょひ》することはできなかった。仕方なくティアナは公爵の肩につかまり、その背に身体を預《あず》けた。

公爵の服はしっとりと濡れていて、汗の匂いもした。本当に、必死で三人を探してくれたのだ。また胸が締め付けられるように痛んで、ティアナの瞳に涙があふれた。泣き顔を誰にも見られないように、逞《たくま》しい肩に顔を伏せる。すると、公爵は彼女の足を抱えていた手で優しくポンポンと身体を撫でてくれたのだった。


その夜は、山小屋に泊まることになった。山小屋から屋敷までは緩《ゆる》やかとはいえ山道、夜間の移動は危険だからだ。山小屋と言っても公爵家が所有する狩猟用の小屋なので、決して小さくはない。居心地のよいリビングルーム以外にも、寝室や食堂、使用人の控《ひか》え室《しつ》が揃っていた。

ティアナは寝室で子どもたちを寝かしつけようとしたが、子どもたちは火の側《そば》から離れるのを嫌がった。二人は彼女にしがみつくようにして、暖炉《だんろ》の前に敷いたブランケットに包《くる》まれて眠っている。

「少し話そう」

子どもたちが寝静まった頃、公爵がティアナに声をかけた。

「このままでも？」

「それがいいだろう」

公爵は小さな声で返事をしてから、音を立てないように気をつけてティアナの隣に座り込んだ。その手にはホットワインのグラスが二つ。ティアナは差し出されたグラスをありがたく受け取った。

「怪我がなくてよかった」

「はい。お二人とも、お身体の方は問題ありません」

「……そうだな」

「問題は心の傷です。恐い思いをさせてしまいました」

ティアナは、改めて公爵に向き直った。

「申し訳ございません」

「なぜ君が謝る」

「私のせいで、お二人を……」

「馬鹿《ばか》なことを言うな」

公爵がティアナの言葉を遮った。

「君のせいなどではない」

公爵の眉が、わずかに下がって見える。ティアナを責めるつもりはないようだ。それでもテイアナは納得できなかった。

「私がお二人を巻き込んでしまいました。それに、モーリッツさんたちも」

襲撃《しゅうげき》された使用人たちは軽傷者ばかりで、死人も出ていない。襲撃者たちは、やはり脅迫だけが目的だったのだ。

（私のせいで……）

ティアナは無意識の内にキュッと唇を噛んでいた。その様子を見た公爵が眉を寄せる。

「ティアナ」

公爵がティアナの手に触れた。ホットワインのグラスを優しく取り上げられて、両手をしっかりと握られる。

「君は何一つ悪くない。いいな」

「けれど」

「君も被害者だ」

言い切った公爵に、ティアナはそれでも首を横に振った。

「いいえ。私のせいです」

言い切ってから、ティアナもぎゅっと公爵の手を握り返した。

「……旦那様、お願いがございます」

「ダメだ」

肝心の内容を言う前に、公爵がぴしゃりと言い放った。ティアナが何を言おうとしているのか、彼には分かっているのだ。

「旦那様」

ティアナは懇願《こんがん》するように公爵の顔を見上げた。下から顔を覗き込まれる格好になった公爵の眉間《みけん》に、さらに深いしわが寄る。

「休職も退職も認めない」

「ですが、このままでは坊ちゃまたちが」

「問題ない。警備を強化する」

「ですが」

「ティアナ」

公爵が、もう一度ティアナの名を呼んだ。ティアナの肩がビクリと震える。

「子どもたち自身が、君が離れていくことを望むと思うか？」

「それは」

「子どもたちから離れて、君の安全が確実に守られるならそれでもいいだろう。だが、事はそんなに単純でもない。分かるな？」

「……はい」

ティアナはしゅんと肩を落とした。公爵の言うとおりだ。ティアナが子どもたちと距離を置いたからといって解決する問題ではない。

「心当たりは？」

「……」

ティアナはある二人の人物を思い浮かべはしたが、その名を口にすることはしなかった。

（確証がないわ）

公爵の方も、『心当たり』については尋ねるまでもなかったのだろう。一つ、溜息を吐いた。

「わかった。私の方で調べる」

「旦那様が？」

「そうだ」

「でも……」

ただの家庭教師のために、公爵ともあろう人がそこまでする必要はないと言外《げんがい》に伝えようとしたが、公爵は意に介さなかった。

「大切な女性の一大事だ。私が動くのは当然だろう」

ティアナを真《ま》っ直《す》ぐに見つめて、はっきり言う。『大切な女性』、そう呼ばれて、思わずティアナの頬に熱が集まった。

「……い、今さら新しい家庭教師を探すのは大変ですしね」

ティアナは誤魔化《ごまか》すように言って、顔を伏せた。

「せめて、お子様たちがもう少し大きくなるまで。それまでは、私がお仕えしなければ皆さんが困りますものね」

この言いように、再び公爵の眉が下がった。

「まるで、その後は公爵家を去るような言い方だな」

子どもたちが落ち込んだ時と同じように、公爵の肩が落ちる。その姿にティアナの良心は痛んだが、それでも彼女の気持ちは変わらなかった。

「はい。そのように考えています」

いずれ、公爵家を去る。それはティアナの中では決定事項なのだ。二人の間に沈黙が落ちて、公爵がティアナの手を離した。ギシリと床板が軋《きし》む音を立てながら公爵がティアナの方に背を向ける。彼女を負《お》ぶってくれた広くて逞しい背が、今は小さく萎《しぼ》んでいるように見えた。

「……君たちの居場所が分からないと聞いたとき」

公爵がぽつりと言った。いつものよく通る声とは違う。前日のティアナに愛を請うて縋ったような声音とも違う。切ない、小さな声だった。

「真っ先に浮かんだのは君の顔だった。父親として失格だ。だから、君に嫌われても仕方がない」

そんなことはないとは、言えなかった。口を開けば情けない嗚咽《おえつ》が漏れだしそうで、それを我慢《がまん》するので必死だったから。そもそも、彼の愛に応えられないというのにどんな言葉をかければいいのかも分からなかった。

それ以上、公爵は何も言わなかった。背を向けたまま、ただ俯いていただけ。

ティアナも何も言わず、ブランケットの中にもぐり込んだ。子どもたちをぎゅっと抱きしめて、寝たふりをする。そうして、二人は朝まで眠れない時間を過ごしたのだった。

その二日後、ティアナは子どもたちと共にさらに西にある町に旅立つことになった。子どもたちの母親のところで、しばらく過ごすことになったのだ。公爵が状況を知らせたところ、一も二もなく三人の保護を買って出てくれたらしい。

「ちょうど、一度は旅行させようと思っていたところだ。しばらく、ゆっくりしてくるといい。その間に、襲撃の首謀者《しゅぼうしゃ》とその狙《ねら》いを調べる」

ティアナは迷ったが、結局この提案を受け入れることにした。公爵の手を煩《わずら》わせることにはなるが、他にいい案が浮かばなかったのだ。両親を心配させたくないという理由もあった。

「何か分かったら、私に知らせていただけますか？」

「必ず、そうしよう。私がすることは、真相を調べることまでだ。それからどうするかは、君が決めればいい」

「ありがとうございます」

「警備の兵もつけるが、気をつけるように」

「はい。坊ちゃまたちに危険が及ばないように、きちんと目を配ります」

ティアナは胸を張って言ったが、これには、公爵も子どもたちも溜息を吐いた。

「それじゃあ、あべこべだよ」

言ったのは、ジークハルトだ。

「僕らが、ティアナを守るんだよ！」

今度はアルノルト。公爵は二人の言葉に深く頷いている。

「二人とも、頼むぞ」

「任せて！」

その様子に、ティアナは首を傾げた。

「お二人をお守りするのは、私の役目で……」

「ティアナ、僕たちは男だよ？」

「いつまでも子どもじゃないんだよ！」

そう言って胸を叩いた子どもたちに手を引かれて、ティアナは西へ向けて旅立ったのだった。


汽車が西へ西へ進む。徐々に近くなる不気味な空に不安を覚えながらも、それでも首都から離れられるのはありがたかった。それほど、あの脅迫はティアナの心に不安を植え付けたのだ。

西部の駅に到着すると、大勢の人が出迎えに来ていた。その中心に日に焼けた肌で朗《ほが》らかに笑う女性がいた。金髪に青い瞳を持つ華やかな印象の女性だ。だが、社交界の女性のように着飾っているわけではない。髪は後ろにひっつめてまとめているだけだし、化粧っ気もない。着ているのは地味《じみ》な綿の服で、白い前掛けはところどころ泥で汚れている。

子どもたちの母親――アデリナだ。

汽車を降りると、アデリナが三人に駆け寄ってきた。そして、切ない微笑みを浮かべて子どもたちを見つめる。

「お目にかかれて光栄です。ジークハルト様、アルノルト様」

他人行儀な挨拶だった。だが、それも当然ではある。アデリナは公爵と離婚した後、想い人だった男性と結婚した。その人は平民だったので、今の彼女は貴族ではない。平民の妻でしかないのだ。

子どもたちは戸惑いながらもきちんとお辞儀をしてティアナの方を振り返った。どういう態度をとればいいのか、分からないのだ。

「お二人のお母様ですよ」

ティアナが言うと、驚いたのはアデリナの方だった。ティアナは子どもたちの手をとって、アデリナのもとに導く。そして、アデリナがギュッと握りしめていた両手に、二人の手を重ねた。

「アデリナさん。あなたの息子さんたちです。……抱きしめてあげてください」

途端、アデリナの顔がぐしゃりと歪《ゆが》んだ。そして、勢いよく二人を抱きしめる。

「会いたかった……！　会いたかったよ……！」

子どもたちは戸惑いながらも、アデリナを抱き返した。幼い二人は初めて触れる母親の温もりに戸惑いながらも、その温かさに身を委《ゆだ》ねたのだった。

第五章　覆る真実

ユーベルヴェーグ公爵《こうしゃく》の元妻であり二人の子どもの母親であるアデリナは、西部に小さな領地《りょうち》を持つ子爵家《ししゃくけ》の娘だった。『婚姻統制法《こんいんとうせいほう》』によって決められた相手である公爵のもとに嫁《とつ》いで、早々に二人の子を出産。そして『自由恋愛』の権利を得た彼女は、その一か月後には公爵と離婚して故郷に帰った。

恋人がいたのだ。彼の名はブルーノ。アデリナの実家の領地に住む農夫の息子《むすこ》だった。彼もまた、『婚姻統制法』によってアデリナとは別の女性と結婚し、一人の子を儲《もう》けていた。アデリナは故郷に帰って、真《ま》っ直《す》ぐにブルーノを訪ねた。

『私と結婚して下さい』

農場の真ん中で旅装のままで求婚したアデリナに、ブルーノは一瞬の迷いもなく、

『はい』

と、答えた。

ブルーノの妻をはじめとする周囲の人々は二人を祝福し、その日の内に結婚を祝う宴《うたげ》が開かれた。ブルーノの妻は別の夫の元へ嫁ぎ、一人いた子どもはブルーノの元に残った。その後、

アデリナは三人の子を産んでいる。夫妻はアデリナの実家の援助を受けて農地を買い、生活に苦しんでいる農夫とその家族を集めて農場の経営をはじめた。現在では農場の経営は安定し、家族と共に幸せに暮らしている。

　アデリナは『自由恋愛』の権利を得て幸せになった女性の一人だ。だが、全てが上手《うま》くいったわけではない。彼女は自分の幸せのために、腹を痛めて産んだ我が子と離れ離れになることを受け入れなければならなかった。

　一方の幸せのために一方の幸せが犠牲《ぎせい》になる。『自由恋愛』という特権を手に入れても、完《かん》璧《ぺき》な幸せは手に入らない。それが『婚姻統制法』によって作り上げられた、この国の当たり前だった。

＊　＊　＊

「賑《にぎ》やかでごめんなさいね」

　アデリナの住まいは広いが素朴《そぼく》な造りだった。大きな丸太を組み合わせて建てられている。広い吹き抜けのリビングは木の香りに包まれていて居心地がいい。首都のきらびやかな屋敷《やしき》を見慣れているティアナと子どもたちにとっては新鮮な空間だ。その中を、アデリナとブルーノの子どもたちが駆《か》け回《まわ》っている。

「いいえ。とても素敵なお家ですね」

ティアナは心からそう思った。温かい雰囲気《ふんいき》の、過ごしやすい家だ。

嬉《うれ》しそうに微笑《ほほえ》んだアデリナの案内で、ティアナたちは二階の客間に案内された。東向きの大きな窓が気持ちのいい部屋だ。広くはないが、三人で過ごすには申し分ない。

「でも、本当に大丈夫？」

「え？」

「メイドもフットマンもいない生活なんて、初めてでしょう？」

ティアナたちは警備の兵十数人だけを連れてきた。アデリナの迷惑になってはいけないと、ティアナが断ったのだ。自分のことは自分でできるし、子どもたちの世話なら自分がすれば済むことだ。公爵は渋《しぶ》い表情を見せたが、子どもたちにとってはこれもいい経験になるに違いないと伝えると納得していた。

「大丈夫ですよ。たぶん」

「なにか困ったことがあったら、なんでも言ってね。うちは子どもが一人二人増えるくらい、なんてことないんだから」

「ありがとうございます」

二人が話している間にも、子どもたちは自分たちで荷解《にほど》きを始めていた。トランクを開き、取り出した服をチェストに仕舞っていく。今回の滞在《たいざい》ではできるだけ自分のことは自分でしなければならないと事前に話していたことを、ちゃんと覚えていたのだ。持ってきたのは簡素な服ばかりだったので、荷物はそれほど多くなかった。ティアナも同様だ。

「えらいのね」

自分で荷物を片づける二人の姿をアデリナが感心して見つめる。

「うちの子にも見習ってもらわなくちゃ」

褒《ほ》められて、子どもたちの頬《ほお》がぽっと色づいた。

（やっぱり、子どもたちにとってもいい経験になるわ）

そして、アデリナにとっても。

（きっと、今からでも遅くないわ）

離ればなれになっていた子どもたちと一緒に過ごせば、またすぐ親子に戻れるはずだ。ティアナは、あの手記にこぼれていた涙の跡《あと》を思った。傷ついた過去は変えられないが、これから幸せな日々を築《きず》いていけばいいのだ。


翌日から、ティアナと子どもたちはアデリナの家族と共に寝起きして同じものを食べ、同じように暮らした。子どもたちは昼過ぎまで村の学校に通い、午後はアデリナの子どもたちと一緒に遊びまわった。ティアナは子どもたちを学校に見送った後は、村の女性に手仕事を教えてもらった。服を繕《つくろ》ったりセーターを編んだり。逆に、ティアナが刺繍《ししゅう》を教えることもあった。

そんなティアナと子どもたちを常に警備の兵士が見守った。仕事の邪魔《じゃま》になるのではないかと心配したが、アデリナから『どうせなら、手伝って』との提案《ていあん》を受けて、全員が農夫の格好をして農作業を手伝いながら警備にあたることになった。

「ここは田舎《いなか》だからね、余所者《よそもの》が来たら目立つわよ。襲《おそ》われるような心配は、首都にいるよりずっと少ないから安心して！」

と、アデリナは笑った。

村人たちにも事情を話してくれて、絶対に子どもたちやティアナから目を離さないように気を配ってくれた。最初は貴族であるティアナや子どもたちに遠慮《えんりょ》が見られた村の人々も、すぐに受け入れてくれたので、三人はすっかり村に溶け込んで穏《おだ》やかな日々を過ごすことができた。

そして彼女の予想通り、子どもたちとアデリナが打ち解けるまで、それほど時間はかからなかった。

「あら、坊ちゃん！」

外で遊びまわって服を泥だらけにしてきた子どもたちを、アデリナは叱《しか》ったりしなかった。泥だらけの子どもたちを見て嬉しそうに笑って、他の子どもたちと一緒にお風呂の中に放り込んだ。

「わぁ！」

「くすぐったいよ！」

子どもたちはアデリナの乱暴な手つきに驚《おどろ》きながらも、楽しそうに笑っていた。結局、浴室で水遊びが始まってしまい全員で後片付けをすることになったが、アデリナは文句を言いながらも楽しそうだった。

夕飯の席でも、アデリナは遠慮なく子どもたちに話しかけた。

「坊ちゃん、ピーマンも召し上がってくださいね」

スープの中のピーマンを避《さ》けて食べていた二人に、アデリナが笑顔を向ける。

「えー、でも」

「苦いよ」

二人が顔をしかめると、やはりアデリナは笑って言った。

「あらあら。栄養満点なのに。これを食べたら、きっと大きくなれますよ」

「ホントに？」

「ええ、ホントに。ブルーノを見てください。大きいでしょう？」

確かに、ブルーノは公爵よりも背が高くて身体《からだ》も逞《たくま》しい。子どもたちはキラキラとした目でブルーノを見た。

「この人、ピーマンが大好きなんですよ」

ブルーノが笑顔でピーマンを頬張った。それを見た子どもたちが、思い切ってピーマンを食べる。やはり苦かったのだろう、顔をしかめた二人だったが、それでもピーマンを完食することができた。

こんな調子なので、子どもたちはすぐにアデリナに懐《なつ》いた。彼女の元来の気風《きっぷ》のいい性格が、やんちゃな子どもたちと相性がよかったのだ。

だが、一緒に暮らすようになって一週間がたち二週間がたっても、子どもたちがアデリナを『お母様』と呼ぶことはなかったし、アデリナが二人を名前で呼ぶこともなかった。

そんなある夜のことだった。ティアナはふと夜中に目が覚めてしまい、水を飲もうと部屋の外に出た。すると、夜中だというのにリビングに明かりが灯《とも》っていた。二階の廊下《ろうか》はリビングの吹き抜けと同じ空間になっているので、手摺《てすり》から見下ろすとリビングが見える。だが、そこに人の気配はない。

「……それじゃあ、これで」

「次は……」

「……東部でも……」

何やら聞こえてくる話し声は、台所の方からだ。最初はアデリナとブルーノが話しているのだと思った。だが、二人だけではない、他にも何人かの男性の声が聞こえる。ティアナは邪魔をしてはいけないと思って、寝室に引き返そうとした。ところが、振り返った拍子に床板がギシリと音を立ててしまった。

「誰？」

気付いてリビングに顔を覗《のぞ》かせたのはアデリナだった。二人の目が合い、ティアナは気まずくてすぐに視線を逸《そ》らせた。だが、アデリナの方は何でもないような様子でニコリと笑った。

「ティアナさん、どうしたの？」

「あの、喉《のど》が渇《かわ》いてしまって」

「あら。じゃあ、下りてらっしゃいよ。台所で一杯やってたところなの」

（こんな時間に？）

ティアナは首を傾《かし》げながらも、特に断る理由がなかったので誘《さそ》われるがまま台所に入った。そこにはブルーノの他にも何人かの男性がいて、酒を片手に話し込んでいた。どの男性も農場で働く人たちで、ティアナにとっても顔見知りだ。

「はい。どうぞ」

アデリナがティアナに差し出したグラスには、赤ワインがなみなみと注《つ》がれていた。

「ちょうど今年のワインができたばかりだから、みんなで試飲しながら話してたのよ」

ティアナは酒があまり得意ではない。十八歳で成人してすぐに働き始めて社交界から離れたので、飲む機会もそれほどなかった。公爵家の晩餐《ばんさん》の時に、一口二口舐《な》めるように飲む程度だった。恐る恐る、一口飲んだ。

「あ、おいしい……」

思わず漏《も》れた声に、台所に集まっていた面々が笑顔を浮かべた。みずみずしくて果実感の強い味わいのワインは喉越しがよく、とても飲みやすかった。

「だろう？」

「ここのワインは、首都でもけっこう人気があるんだ」

「今年は特に出来がいいんだよ」

と、口々にティアナに話しかけてくれる。台所に集まった面々は時折ティアナにも話題を振りながら、和気あいあいと酒を楽しんだ。社交界とは違って言葉は荒いし、話題は素朴だ。だが、それでも楽しく話している内に、ティアナはワインをグラスに二杯飲み干していた。

「ティアナさん、大丈夫？」

酔《よ》って顔を真っ赤にするティアナにアデリナが苦笑いを浮かべる。

「飲ませすぎちゃったわね。ほら、部屋に送るわ」

アデリナがティアナの肩《かた》を支えて立ち上がらせようとした。その手つきがあまりにも優しくて、ティアナは思わず彼女に縋《すが》りついた。

「ど、どうしたの？」

アデリナが大きく目を見開く。その表情は、子どもたちが驚く顔にそっくりで。今度はティアナの瞳《ひとみ》からポロポロと涙がこぼれ始めた。

「どうしてですか？」

ティアナは涙を拭《ふ》くこともせずに、アデリナに縋りついたままで問いかけた。

「どうして、坊ちゃまたちの名前を呼んであげないのですか？」

台所に沈黙《ちんもく》が落ちる。男性たちが気まずそうに顔を見合わせている。ティアナは酔ってフラフラする頭を振って、手元のグラスを握《にぎ》った。そして、アデリナが止める間もなく残っていたワインを一気にあおった。

「ちょっと、ティアナさん！」

慌《あわ》てるアデリナの肩をつかむ。

「母親として、もっと、愛情をあげたっていいじゃないですか！」

酔った勢いのまま、ティアナは叫《さけ》ぶように言った。この数週間、ずっと納得できなかったのだ。彼女が子どもたちに母親として接しないことが。

「せっかく、また会えたのに……！」

ティアナがアデリナの肩を揺《ゆ》らす。アデリナはされるがまま、困ったように眉《まゆ》を下げた。

「ずっと、寂《さび》しかったんですよ。お二人とも。母親がいなくて、父親は自分たちに無関心で、ずっと、ずっと、二人きりで……！」

一度口に出したら止まらなかった。酔っていなければ、こんなことは絶対に言わなかっただろう。アデリナの苦しみも分かっていたから。それなのに、今はもう我慢《がまん》できなくなっていた。

「眠るとき、いつも二人で手を握っていたんです。どこにも行かないでって、お互《たが》いに繋《つな》ぎとめるみたいに！」

ティアナはなおも叫ぶように言葉を続けた。

「もう一度、ちゃんと母親になってあげてください！」

言い切ってからようやく息を吸って、ティアナははあはあと荒い呼吸を繰《く》り返《かえ》しながらアデリナを睨《にら》みつけた。だが、アデリナはそれに怯《ひる》むことなくティアナの方を真っ直ぐ見つめ返す。

「ごめんなさい。できないわ」

アデリナのはっきりとした声音に、またティアナの涙が溢《あふ》れた。

「どうしてですか」

「確かに私はあの子たちの母親だけど、それはあの子たちを産んだというだけのことよ」

ティアナは愕然《がくぜん》とした。

「お二人を愛していないということですか？」

そう聞こえたから。だが、これにはアデリナははっきりと首を横に振った。

「愛してるわ。二人とも、私の可愛い子どもたちよ」

「それなら、どうして……？」

アデリナがティアナの肩を優しく叩《たた》いた。

「今さら、もう遅いのよ。私は自分の幸せのために、あの子たちを捨てたの」

「それは」

あなたのせいじゃないと言いかけて、ティアナは言えなかった。彼女の言う通り、『捨てた』と言っても間違いではないから。彼女には、公爵家に残って子どもたちの母親として生きていく選択肢だってあったのだから。

「だからあの子たちだって、私のことを母親だとは思ってないわよ。私なんかより、よっぽどティアナさんのことを信頼《しんらい》して、愛してる」

そんなことを言われても、ティアナには納得できなかった。

「でも、お二人にとって血のつながった母親はアデリナさんだけです」

「うん。でも、それだけなんだもの。……じゃあ、逆に考えてみて？」

「え？」

「もしも、ティアナさんが公爵様と結婚して二人の母親になったときのことを」

ティアナの胸がきゅっと締め付けられた。既《すで》に何度も想像したのだ。だが、それだけは絶対に選ばないと決めていることだから。

「そうなったとき、子どもたちに『お母様』って呼ばれたい？」

ティアナは即座に首を横に振った。自分は彼らの母親になれるとは思っていないからだ。

「ね？」

「でも……」

それとこれとは話が違うと言いかけたのを遮《さえぎ》るように、アデリナがニコリと笑ってティアナの、胸を指さした。

「呼び方や呼ばれ方なんて、結局どうでもいいのよ。お互いに愛し合ってて、お互いそれが分かっていれば」

「どうでもいい？」

「そうよ。自分じゃない誰かが決めた呼び方に振り回されるなんて、馬《ば》鹿《か》らしいと思わない？」

ティアナは、ハッとした。アデリナの青い瞳が、ティアナを見つめる。その瞳の奥に、強い光が見えた。

「自分のことは、自分で決めればいい」

アデリナの言うことは、間違っていない。確かにそうだと、ストンと腑《ふ》に落ちた。

「私のことは私が一番分かってる。それでいいじゃない」

答えようとして、ティアナは口ごもった。確かに彼女の言う通りだ。だが、それはあまりにも自分本位に過ぎる気がして。また問い返そうとしたが、話ができたのはそこまでだった。

「ティアナー！」

「どこ行ったのー！」

二階から、ジークハルトとアルノルトの声が聞こえてきたのだ。目が覚めてティアナがいなかったので、彼女を探しているらしい。

「ほら。戻ってあげて」

「……はい」

アデリナに背を押されて、ティアナは慌てて二階に上がった。

「どこ行ってたの？」

「探したんだぞ！」

階段を上がってきたティアナに、子どもたちがしがみつく。

「すみません。アデリナさんとお話ししていました」

ティアナが髪を撫《な》でると、二人はますます強い力で抱きついた。今でも時折、二人はこんな風にティアナから離れなくなる。完全に不安がなくなったわけではないのだ。今でも、大切な人が去っていくことに怯《おび》えている。

「大丈夫。どこにも行きませんよ」

ティアナは床に屈《かが》み込《こ》んで、二人を両手に抱き締めた。大丈夫、どこにも行かない。その気持ちが伝わるように。

翌日、ティアナは昨夜のことをアデリナに謝ったが、アデリナの方は気にした様子はなかった。だがそれ以降、二人がこの話題に触《ふ》れることはなかった。

そして、また穏やかな日々が続いた。

人と人が対等に助け合いながら暮らす村で、子どもたちは自然の中で遊びまわり、ティアナは汗を流して働きながら暮らした。土や木々の匂いを感じながら風と共に過ぎていく日々は、ティアナに考える時間を与えてくれた。

これまでのこと、そして、これからのこと。自分のこと、そして、周りの人々のこと。

アデリナが言っていたことの意味を懸命《けんめい》に考えた。

(呼び方や呼ばれ方なんか、結局どうでもいい……)

夫、妻、父親、母親、子、主人、使用人、貴族、平民、不妊の女……。この世界には、人を指す様々な呼び方がある。だが、それを決めたのは誰なのか。少なくとも、自分ではない。

(自分じゃない誰かが決めた呼び方に、振り回されてる……)

確かにそうだと思った。自分は『不妊の女』と呼ばれて、労働の義務を負《お》うことになった。誰かが決めた呼び名で、役割まで決められた。だが、それに振り回されるのは確かに馬鹿らしい話だ。

(それでも私は、自分で生き方を決めて、ここまで来た)

そうだ。振り回されたかもしれない、それでも、今の生き方を決めたのは自分だ。アデリナもブルーノも、皆《みな》そうやって生きている。

アデリナと一緒に暮らすようになって、一か月がたとうとしていた。

ティアナは答えの見えない問いを繰り返しながら、それでも何かをつかみかけていた。

果たして、そうだろうか？　彼らは自分勝手に生きているのだろうか？

（それは自分本位のわがまま？）


その夜は雨が降っていた。

リビングで食事をとっていると、玄関の外から馬の嘶《いなな》きが響《ひび》いた。そして、けたたましい音を立てて玄関が開かれる。そこにはずぶ濡《ぬ》れのマントをかぶった男性がいた。皮の長靴は泥で汚れ、肩で息をしている。たった今、馬で駆け付けたようだ。

その表情を見たアデリナとブルーノが、緊張《きんちょう》した面持《おもも》ちで立ち上がった。

「レオノーラが逮捕《たいほ》された」

男性が告げた一言に、ブルーノが弾《はじ》かれたように動きだす。そのまま玄関から外に出て、農夫たちの宿舎の方に駆けていってしまった。アデリナは男性に駆け寄り、その肩を叩いた。

「連絡ありがとう。詳細《しょうさい》は後で。とにかく身体を拭いて、休んでちょうだい」

「はい」

男性は軽く頭を下げてから、とぼとぼと外へ出ていった。

ティアナと双子は何が起こったのか分からず、ポカンと口を開いて様子を見守っていた。だが、アデリナの子どもたちは違った。どうやら何が起こったのか理解しているらしく、さっさと食事を済ませて片づけを始めたのだ。

「早く食べて！」

「すぐ準備しなくちゃ！」

ティアナたちも急《せ》かされて、慌てて食事を済ませた。

食事の片づけが終わる頃、一人、また一人と人が集まってきた。次々と人が増えていき、アデリナの家のリビングがぎゅうぎゅう詰めになった。それでも入りきらず、階段や台所にも人が溢れた。ティアナと双子は訳が分からないまま、二階の廊下に追いやられてしまった。

手摺ごしにリビングを見下ろすと、アデリナがティアナの方に手を振った。

「ティアナさん、驚かせてごめんね！」

と彼女が笑うと、先ほど知らせを持ってきた男性が顔をしかめた。

「誰だ？」

「私の子どもと、その家庭教師さん」

「ってことは、ユーベルヴェーグ公爵の息子かよ！　ってことは、あのお嬢《じょう》さんも貴族なんだろう？　いいのか、聞かれて」

訳が分からず戸惑《とまど》うティアナに、もう一度アデリナが笑いかけた。

「彼女は大丈夫。きっと分かってくれるわ」

アデリナは、今度は集まった人々を見回しながら話し始めた。

「レオノーラが逮捕されたわ。首都でビラ配りを手伝っている時だったって。他の協力者を助けるために自《みずか》ら囮《おとり》になったそうよ」

　ティアナは驚きながらもアデリナの言葉から状況を探ろうとした。『逮捕』、『ビラ配り』……。その言葉の指す意味を。

「助けに行こう！」

「そうよ！　数で押せば、留置《りゅうち》所《じょ》なんて目じゃないわ！」

「東部の仲間にも声をかけて人数を集めよう！」

　大勢の声が飛び交う。それを制したのは、アデリナだった。

「助けには行かない」

　アデリナが言うと、今度は怒号《どごう》が沸《わ》き起《お》こった。

「なんでだ！」

「レオノーラは俺たちの大切な仲間だ！」

「あいつがいなければ、首都での活動はどうなるんだ！」

「そうよ！　彼女なしじゃ、また活動が足踏《あしぶ》みだわ！」

「落ち着いて！」

　今度は大きく手を叩いたアデリナに、また全員が黙《だま》った。どうやらこの場の主導権を握っているのは彼女らしい。

「そう。レオノーラは私たちの大切な仲間で、首都での活動の要《かなめ》よ。だからこそ、力づくで助けることはしない」

「じゃあ、このまま放っとくのか！」

「そうじゃない。……あちら様の土俵《どひょう》に乗ってやるのよ」

アデリナがニヤリと笑った。

「この国は王制とはいえ、法治国家よ」

彼女が取り出したのは、分厚い本だった。その本を、ダイニングテーブルに放ると、ドスンと重たい音が鳴る。法令全書だ。

「王族や貴族個人の意見よりも、法律が重んじられる。だから『婚姻統制法』なんていう、クソみたいな法律が機能してるの」

アデリナが握った拳《こぶし》で法令全書を叩いた。ドンという大きな音に、彼女の覚悟《かくご》が見える。

「こっちも弁護士を雇《やと》って、法廷でやり合うのよ。レオノーラはビラを配っていただけだもの。問える罪は、せいぜい業務妨害とか不退去罪とか、そんなもんよ。それなのに不当な罰を与えるというならやってみればいい。その時は、堂々とこの国の腐った司法を糾弾《きゅうだん》するのよ！」

集まった人々から拍手が起こった。彼女の方針に、ほとんどの人が納得して賛成したのだ。まだ釈然《しゃくぜん》としない人もいるようだが、ここは多数決に従うらしい。集まっていた人々は少しばかり話し合いをしてから、三々五々帰って行った。

状況を見守っていたティアナと子どもたちのもとにアデリナが駆け付ける。

「ごめんなさいね。驚ろかせちゃって。ちゃんと説明するわ」

と言うが、ティアナは既にだいたいの事情を察していた。

「『婚姻統制法撤廃運動《てっぱいうんどう》』ですか？」

ティアナが問いかけると、アデリナは即座に頷《うなず》いた。

「そう。ここが、その中心なの」

驚きつつも、ティアナは納得した。

（そうよ。あの言葉……）

かつてティアナが見た『婚姻統制法』の撤廃を訴えるビラには『我々は牝馬《めすうま》ではない！　我々は種馬《たねうま》ではない！』と書かれていた。あれは、アデリナの手記にあったのと同じ言葉だ。

「アデリナさんが？」

「うん」

また、アデリナが優しく微笑む。それは、まぎれもなく母親の顔だ。

「私はどこの誰かも知らない人に呼び方や役割を決められて押し付けられるのは、もう嫌よ。子どもたちにも。そういう生き方をさせたくないの」

ティアナは頷いた。そして、よく分からないという表情を浮かべながらティアナを見つめる子どもたちの傍《かたわ》らに屈み込んだ。二人に視線を合わせて、その瞳を真っ直ぐに見つめる。

「今ここで聞いたことを内緒にできますか？」

ティアナの問いに、二人は首を傾げた。

「どうして？」

「悪いことをしてるの？」

二人は分からないなりに理解しようとしているのだ。

「悪いことではないと、私は思います。坊ちゃまたちが自分の思ったように生きられるように頑張っているのですから。でも、それを悪いことだと考える人もいます」

「その人たちに知られたら、捕《つか》まっちゃうってこと？」

「その通りです」

子どもたちは顔を見合わせてから、釈然としない表情を浮かべながらも頷いた。

「うん。わかった」

「内緒にする」

彼らの運動を必ずしも正しいとは言い切れない。それでも、未来に選択肢を残すためにしていることが悪だとも思えない。子どもたちは曖昧《あいまい》な正しさというものに初めて触れて戸惑っているようだが、今はそれでいいとティアナは思った。

「でも、私たちが悪い大人だと思ったら、いつでも通報していいのよ？」

アデリナがニヤリと笑った。彼女もティアナと同じ考えなのだ。

「いつか何が正しいのかを自分で決められるようになったら、その時は自分の思った通りにすればいい」

子どもたちはまた頷いた。

「さあ、疲れたわね！　お夜食にしましょう！」

その夜、ティアナはまた夜中に目が覚めた。リビングに下りていくと台所に明かりが入っていて、そこにアデリナがいた。一人紅茶を飲みながらペンを走らせている。

「眠れない？」

「はい」

手元から顔を上げずに問いかけたアデリナにティアナが遠慮がちに答えると、アデリナは顔を上げて笑顔を浮かべた。

「ん。お茶いれてあげる。……お酒は、やめとこうね」

台所にはまだ火が残っていて、やかんにはお湯が沸いていた。アデリナはポットに湯を注《そそ》いで温めてから茶葉を入れ、もう一度湯を注いで蒸らしていく。その間に、彼女が棚から取り出したのは子どもたちのおやつの残りのワッフルだった。網《あみ》に載せて火であぶって温め直す。それからたっぷりと蜂蜜《はちみつ》をかけてくれた。

その様子を、ティアナはじっと見つめた。

「どうしたの？　座ったら？」

アデリナに声をかけられて、ティアナはようやく椅子《いす》に腰かけた。その間もアデリナは手を動かし続けていた。いつもそうだ。アデリナは家族のためにいつでも動き回っている。だからこそ、彼女が『婚姻統制法撤廃運動』を先導していると知った時、それは家族のためだとすぐに信じることができた。

「何を書いていたんですか？」

ティアナが尋《たず》ねると、アデリナがその紙を見せてくれた。運動で使うビラの下書きらしい。

『そのパンは私が作りました。私は不妊です。私は社会のお荷物ですか？』

不妊女性への不当な扱いに疑問を投げかけている。

「アルマ女史の自伝を参考に書いてみたの。けっこうパンチが効いてるでしょ？」

テーブルの上には一冊の本が置かれていた。タイトルは『針と糸と私』。アルマが刺繍職人として働き始めてから『メゾン・アルマ』をオープンさせるまでの半生を描《えが》いた自伝だ。不妊の女性が自ら執筆《しっぴつ》した自伝を出版するのは初めてのことだったし、発売当時に掲示《けいじ》されたポスターが話題になった。

『私のことは好きに罵《ののし》ればいい。それでも、あなたは私のドレスを着たいのでしょう？』

という煽《あお》り文句に、多くの人が衝撃《しょうげき》を受けたのだ。

「いい見出しだと思います」

アデリナが書いたビラを見て、ティアナは素直に思った。確かに、その通りなのだ。不妊だからと言って社会のお荷物と呼ばれ労働の義務を負う女性たちは、本当に価値がないのか？

アデリナが二人分のお茶を置いた。爽《さわ》やかなハーブティーの香りと温めたワッフルの甘い香りに、ティアナの顔にも笑みが浮かぶ。

「子どもが産めないから代わりの社会貢献《こうけん》として労働を義務付ける。なんだかそれらしいこと言ってるけど、馬鹿らしい話よ」

蜂蜜を垂らさないように慎重《しんちょう》な手付きでワッフルにかぶりついたアデリナが言った。

「そもそも人間の価値を生まれつきの身体の出来で決めるなんて。子どもは産めるけど働きたい女性だっているだろうし、子どもを産めるからって誰もが素晴らしい母親になれるわけじゃないわ」

ティアナもアデリナに倣《なら》ってワッフルを手でつかんで口元へ運ぶ。こんな風にフォークもナイフも使わずに食べることにも慣れた。こうして食べる方が美味《おい》しく感じられるときもあるのだと、これもアデリナに教えてもらったことだ。一口かじると、蜂蜜と砂糖の甘みが口いっぱいに広がった。

「あなたも辛《つら》い目に遭《あ》ったのよね？」

「私はまだましです。貴族ですから」

平民の不妊の女性は、ティアナよりももっとひどい扱いを受けているのだ。アルマの自伝にも、毎日のように『不妊の女』と罵られ、男性たちよりも重い労働をさせられたと書かれていた。エルザもそうだ。義務に従って働いているのに火かき棒を押し当てられ、そのやけどの痕《あと》は今も消えない。ぼろ雑巾《ぞうきん》のように働かされて、体調を崩す女性や心を病んで自ら命を絶つ人も多いと聞く。

「そうね。今も辛い思いをしている女性が、きっといっぱいいるわ。私は、彼女たちを救いたい。……もちろん、あなたたちもね」

アデリナに言われて、ティアナは胸がぎゅっと締め付けられた。

「私、ここに来るまで自分のことばかり考えていました」

多くの人を救おうだなんて、考えもしなかった。

「私と私の周りの人が不幸にならないためにはどうしたらいいんだろうって、そればかり考えていました」

浅はかな考えだ。そんな小さな世界で考えを巡《めぐ》らせてばかりいたから、がんじがらめになって身動きが取れなくなっていた。

「だから、公爵様の求愛には応えられない？」

急な問いかけに目を見開くティアナの前に、アデリナが新しいワッフルを差し出した。そして、残っていた蜂蜜を全てかけてしまう。手で持つ場所がないほど、たっぷりと蜂蜜をまとったワッフルを見て、ティアナは苦笑いを浮かべた。

「ご存じだったんですね」

「うん。公爵様ね、くれぐれもよろしく頼むって、手紙を寄越してきたのよ。あなたの好みや性格、注意事項が長々と書いてあった。あなたに何が起こったのかも、全て書かれていたわ。守ってやってほしいって」

ティアナについて長々と手紙に綴《つづ》っている公爵の姿を想像して、ティアナの頬が熱くなった。それだけ、彼女のことを考えてくれたということだ。

「それに、あなたが首都に戻るのが嫌だと言ったら、子どもたちと一緒にこちらで暮らせるようにしてやってほしいって」

アデリナが優しく微笑む。

「恐ろしい思いをしたんでしょう？　恐いなら無理に帰ってくる必要はない。あなたの意思を尊重したいって、書いてあったのよ。……愛されてるのね」

ティアナの瞳に涙が滲《にじ》んだ。確かに、彼女は愛されているのだ。

「……あなたは？」

問われて、ティアナの瞳からポロリと涙がこぼれた。その様子にアデリナが笑みを深くする。

「……旦那様にずっと側《そば》にいてほしいと言われて、本当は嬉しかったんです」

涙と一緒に、言葉がこぼれた。

「でも、旦那様の言う愛は男女のそれではなくて母親への愛情かもしれないって、思って」

「うん」

「それに、また裏切られるかもって……」

「あの最低最悪の元婚約者ね。一度裏切られると、それが別人だって分かっていても怖くなるわよね」

「それに、結局結婚してしまうなら、私の決意はなんだったんだろうって」

「決意？」

「職業婦人として生きていくって……。一人で生きていくって決めたのに」

「そっか。結婚っていう結末を選んだら、自分が自分じゃなくなるような気がしたのね？」

「……はい」

一気に吐き出したティアナの肩をアデリナが優しく撫でる。いつの間にか、涙は止まっていた。

「でも、ちょっとは考えが変わった？」

アデリナがおどけて尋ねるので、ティアナは何度も頷いた。ここへ来てアデリナに出会って、村の人々と過ごして、ティアナは自分が一人きりではないことを知った。全ての人がそうであるように。むしろ、ティアナ自身が一人きりになろうとしていただけなのだ。

「私、今、とても……」

つかえながらも、ティアナは今の自分の気持ちを言葉にした。

「旦那様に、会いたいです……！」

＊　＊　＊

時は少し遡《さかのぼ》る。

ティアナの家族を招いて開いた、あの夜会での出来事だ。

「ティアナ嬢と結婚したいと考えています」

淡々と告げたレオンハルトに、シュミット伯爵夫妻はポカンと口を開いて驚いていた。広間の中央では小さな子どもたちが楽しそうに踊《おど》っていて、楽しげな音楽が響き続けている。しかし、三人の間には時が止まったかのような沈黙だけが漂《ただよ》っていた。

「お許しいただけますか？」

レオンハルトの問いかけに、最初に我に返ったのは伯爵《はくしゃく》だった。

「え、あ、こ、公爵様が、ティアナと、け、結婚ですか……？」

しどろもどろに問いかけた伯爵に、

「はい」

と、レオンハルトはやはり淡々と答えた。彼の感情が全く見えてこないので、伯爵夫妻は混乱するばかりだ。その様子を見たレオンハルトがさっと手を挙《あ》げると、すぐに水のグラスが運ばれてきた。

「これは、どうも」

伯爵は一気に水を飲み干し、夫人もそれに倣う。

「ご存じとは思いますが、我がシュミット伯爵家は伝統があるだけの、たいしたことのない家《いえ》柄《がら》です。公爵家との婚姻など……」

「ご謙遜《けんそん》を。建国から続く立派なお家柄ではありませんか」

「いや、まあ、そうなんですが。本当に、それしか取《と》り柄《え》のない家ですぞ？」

伯爵の言葉に、レオンハルトは首を横に振った。

「家は関係ありません。私が、ティアナ嬢と結婚したいのです」

淡々と、だが力強く言い切った彼に、今度は伯爵夫人が尋ねた。

「理由をお伺《うかが》いしても？」

「彼女を愛しているからです」

レオンハルトがきっぱりと言い切ると、伯爵夫人の目に涙が滲んだ。その涙を伯爵がハンカチで優しく拭《ぬぐ》う。

(……このお二人が、彼女を育てたのか)

レオンハルトは、改めて二人に向き直った。

「どうか、お許しください」

「もちろん」

伯爵が頷いた。

「ティアナを、どうかよろしくお願いいたします」

伯爵夫人の震《ふる》える声に、レオンハルトはしかと頷いた。

「……ですが、ティアナは素直に『はい』とは言わんでしょうな」

「そうですね」

伯爵夫妻が苦笑を浮かべ、つられてレオンハルトも眉を下げた。

「あの子は、必要以上に自分を追い詰めているようで、見ていて辛い」

それは、レオンハルトにも分かっていた。彼女は、これからどう転がるかも分からない未来に怯えているようだ。

(かつての私のように)

何も持たないままで一人になることを恐れている。

「ダニエル・ペルシュマンとの婚約は、あの子の幸せを願ってのことだったが……。結果として、心に深い傷を負わせてしまった。あの子は、再び傷つくことを恐れているのでしょう」

伯爵の言う通りだと、公爵は頷いた。だから働くことにこだわっているのだ。仕事であれば、誰かの愛情に振り回されることなく、ずっと誰かに必要とされるから。

「ですが……」

レオンハルトは子どもたちの方へ視線を巡らせた。そこには、数か月前には想像もできなかったほど楽しそうに笑う双子がいて。優しく微笑むティアナが、彼らを見守っている。

「ティアナは、子どもたちのあるがままを受け入れてくれました。私も、子どもたちも、彼女に救われた……」

レオンハルトが呟《つぶや》くように言うと、ふとティアナと目が合った。

「私も彼女に受け入れてもらいたい。私も彼女のことを、彼女の心ごと守りたいのです」

公爵が何を言ったのか、ティアナには伝わらなかっただろうが、すぐにプイッと視線を逸らせてしまった。そんな様子に、レオンハルトのアイスブルーの瞳が柔《やわ》らかく細められた。それはまるで、彼女との無言のやりとりを楽しんでいるかのようで。

その表情の変化を見ていた伯爵夫妻は、互いに顔を見合わせて優しく微笑んだのだった。

『ティアナの気持ちを尊重する』と固い約束を交わしたレオンハルトは、ティアナを口説くために子どもたちに協力をあおいで、彼女と二人きりになれる時間を度々つくった。なんでもないささいな会話を繰り返していくうちに、彼女との距離が徐々に近づいていくのを感じていた。

そして、いよいよ気持ちを打ち明けようと考えて、領地への旅行を計画した。子どもたちに相談すると、喜んで協力を申し出てくれた。二人が揃《そろ》って『僕らも一緒に行きたい！』とわがままを言う姿を、かわいらしいと思うと同時に頼《たの》もしいと思ったのだった。

そして、その旅先で事件が起こった。

彼女を連れ出したことを後悔《こうかい》したのは一瞬のことで、すぐに彼女を守るために何をすべきか考えるので頭がいっぱいになった。とにかく彼女を首都から遠ざけるために頼ったのは、アデリナだった。彼女なら、ティアナを傷つけることは絶対にないと確信していたから。

レオンハルトはアデリナが『婚姻統制法撤廃運動』の主導者であることを知っていたのだ。

アデリナとは離婚後も年に数回、手紙のやりとりをしていた。彼女が西部に帰ってから幸せに暮らしているのか気になったし、子どもたちの様子も教えてやりたかったから。といっても、子どもたちのことを十分に把握《はあく》していたわけではないので『元気でやっている』という程度のことしか伝えられなかったわけだが。その手紙の中で、アデリナは『婚姻統制法』についての疑問を度々投げかけてきた。そして、仲間と一緒に『婚姻統制法撤廃運動』を始める、と。同時に資金援助についての相談も受けていたが、これまでは返事を保留にしてきた。

（この件が片付いたら……）

レオンハルトはアデリナの運動に資金援助することを決めていた。『婚姻統制法』によって労働の義務を負わされ、それでも懸命に生きるティアナを見て、決心がついたのだ。

「旦那様」

書斎《しょさい》で眉間《みけん》にシワを寄せて考え込んでいた彼のもとに、モーリッツがやってきた。二人は事件のすぐあと、首都のロイツラー・ハウスに戻って調査を進めていた。あれから既に二か月近くがたっている。モーリッツの骨折した腕は、すでに包帯も取れていた。

「新しい調査報告です」

一枚目の書類には、一人の医師の氏名に写真、現在の住まい、家族について……、あらゆる情報が記載されていた。二枚目の書類にはティアナの検査の結果と医師のサイン。三枚目の書類は、尋問官《じんもんかん》の記録だ。

「今は？」

「拘束《こうそく》して、別荘の地下に繋いであります」

「間違っても、自害などさせるなよ」

「はい」

レオンハルトがドカリと音を立てて椅子に座り込むと、すかさずモーリッツが紅茶をいれはじめた。二人とも表情を険しくして考え込んでいる。

「これで、証拠が全て出揃ったことになるな」

「はい」

レオンハルトの問いかけに、モーリッツが答えた。レオンハルトは、改めて手元の書類を見た。二枚目の診断書は、件《くだん》の医師に改めて書かせた正しい検査結果だ。

「ティアナの不妊の診断は、捏造《ねつぞう》だった」

それは予想の範疇《はんちゅう》ではあったが、ティアナにとってはあまりにも酷な仕打ちだった。

「金を積んで医師に指示を出したのは、ダニエル・ペルシュマンと、その妻カタリーナ」

今日の報告書で、その事実が明確になった。

「ティアナが私と結婚するようなことになれば、それが明るみに出る。それを恐れて、ティアナを首都から遠ざけようとした」

それが襲撃《しゅうげき》の真相だ。襲撃犯は既に捕らえられ、彼らの口から『カタリーナ・ペルシュマンからの依頼だった』との証言を得ている。また、襲撃犯と彼女がやりとりをした文書も入手済みであり、物的な証拠も十分だ。これらは全てレオンハルトの指示で配下の者が対処した。公的な機関への告発は、これからだ。

「そして、これだ」

レオンハルトがげんなりと視線を送った先には、手紙の山。内容は全て、彼の縁談に関することだ。

「ペルシュマン伯爵家は、カタリーナ夫人の実家に相当な便宜《べんぎ》を図っているようですね。ここ数か月で、不動産の売買で成功しています。今さら二人の婚姻が破綻《はたん》するようなことがあれば、大打撃なのでしょう」

だから、ティアナを遠ざけている内に、あちこちに手を回してレオンハルトに新たな妻をあてがおうとしているのだ。

「そちらも調べてくれ」

「手配済みです。すでに、いくつか不正の証拠が手に入りました」

モーリッツは家令《かれい》だ。主人の先回りをして快適な暮らしを支えるのが仕事とはいえ、これはあまりにも抜かりがなさすぎる。

「らしくないな、モーリッツ」

「そうでしょうか？」

モーリッツが、レオンハルトのカップに紅茶のおかわりを注ぐ。

「……これでも感謝しているのですよ」

「感謝？」

「彼らが馬鹿なことをしでかしてくれたおかげで、この家にティアナ様が来てくださいました」

これには、思わず公爵も頷いた。

「だからこそ、許せないのですよ」

「だからこそ、か」

「ええ。ティアナ様は、こんなひどい仕打ちを受けて、それでも強く生きようとなさいました。本当に、素晴らしい方です。そのティアナ様の暮らしを脅《おびや》かそうとしたのですから、彼らは決して許されるべきではありません」

「その通りだ」

レオンハルトはぐいっと紅茶を飲み干してから、立ち上がった。

「調査を急いでくれ」

「かしこまりました」

そんなレオンハルトのもとにティアナからの手紙が届いたのは、その日の夕方のことだった。

子どもたちの様子やアデリナとその家族のこと、警備の兵士たちのことが長々と綴られた手紙の最後には、こんな言葉が添《そ》えられていた。

『旦那様にお会いできないので、寂しいです』

その一文を、レオンハルトは何度も何度も読み返した。

(何かが、彼女の気持ちを変えたのか……)

それは、あの朗《ほが》らかに笑う女性だろうとすぐに分かった。愛し合うことはなかったが、一度は心を許し、心から幸せになってほしいと願った女性だ。

(気が合うだろうとは思ったが……)

レオンハルトは少しばかり悔《くや》しい気持ちになったが、それよりも喜びが勝った。

すぐに手紙の返事を書き始める。

『私も、今すぐ君に会いたい』

その気持ちを、素直に綴った。

それから二人は三日にあげずに手紙を交わした。ティアナは子どもたちの様子以外にも、ぽつぽつと自分のことも書いてくるようになった。

『アデリナさんに言われてハッとしました。呼ばれ方や呼び方なんて、どうでもいいって。本当にそうだと思いました。誰かが決めた役割なんかよりも、大事にしなきゃいけないものがあると気づかされました。誰もが、そういう生き方ができる世界になればいいのに』
　レオンハルトは窓から見える街の向こうのに沈んでいく夕日を見た。赤く染まる煙《けむり》を吐き続ける工業地帯の、もっと向こうにいる彼女に思いを馳《は》せたのだった。

＊　＊　＊

　公爵がティアナと子どもたちを迎えに来たのは、その数週間後のことだった。

「お父様！」

　汽車を降りた公爵に子どもたちが駆け寄る。その勢いのまま二人を抱き上げた公爵に、子どもたちが次々と話しかけた。

「僕ね、馬に乗れるようになったんだよ」

「家に帰ったら、馬を買ってよ！」

「そうか。では、春に仔馬を買ってやろう」

「やったぁ！」

「ありがとう、お父様！」

「あとね、あとね！」

「落ち着いて話せ。時間はたっぷりある」

その様子を見ていたアデリナが目を細めた。

「すっかり、父親の顔になったわねぇ」

「ティアナのおかげだ」

公爵の言葉に、アデリナが溜息《ためいき》を吐《つ》く。

「惚気《のろけ》は結構よ。ねえティアナさん、本当にこの人でいいの？」

問われたティアナは、顔を真っ赤にして俯《うつむ》いた。

「いいも何も、私の片思いだ。……邪魔をするな」

公爵が眉を寄せるのを見て、アデリナが目を見開いた。そしてティアナの顔と公爵の顔とを交互《こうご》に見て、芝居《しばい》がかった仕草で頭を抱え込んだ。

「頻繁《ひんぱん》に手紙のやりとりをしていたのに、まだ進展してなかったの⁉」

「アデリナさん……」

慌ててアデリナの袖《そで》を引いたが、彼女の勢いは止まらない。

「だったら、二人きりにならなきゃ。今すぐに！」

「え？」

「ブルーノ、馬を！」

「馬⁉」

ティアナはアデリナが矢継ぎ早に繰り出す言葉に目を白黒させた。公爵は相変わらず無表情で何を考えているのか分からないが、彼女の言葉に抵抗するつもりはないらしい。さっさとマントを羽織《はお》って馬に乗る準備を始めてしまった。

「二人で走っていらっしゃいよ。その間に、私たちはパーティーの準備をしておくから」

「パーティーですか？」

「ティアナさんと坊ちゃまたちの、お別れ会をしなくちゃ」

「でも……」

「ほら、急がないと日が沈むわ！」

そうこうしている内に、ブルーノが馬を引いてきた。ご丁寧《ていねい》に二人乗り用の鞍《くら》が置かれている。子どもたちは、すでにアデリナの隣《となり》に移動していた。

「ちゃんと留守番してるよ」

「お父様、ティアナをちゃんとエスコートしてよ」

と、笑顔の子どもたちに見送られて、二人は追い立てられるように出発したのだった。

「……アデリナは、相変わらずだな」

二人乗りの馬上で公爵が言った。横向きに乗っているティアナの後ろから腕を回した公爵が手綱《たづな》を握り、馬がゆっくりと進んでいく。

「当時から、ああいう方なのですか？」

「ああ。まったく変わっていない。初夜の晩に『子どもを産んだらすぐに離婚したい。故郷に恋人がいるので』とはっきり言われて面食らった」

「それは……」

彼女なら言いかねない。ティアナは初夜の晩に夫を睨みつけるアデリナと、たじたじになる公爵を想像してクスクスと笑った。

「……彼女に君を任せたのは、正解だったようだな」

「え？」

公爵がティアナの顔を覗き込んだ。

「顔色がいい。それに、少しふっくらしたか？」

ティアナは顔を真っ赤にして、ぷいと横を向いた。

「こちらの食事が美味しくて……。量を減らしてもらいます」

「その必要はない」

「でも」

「今の方が、私は好きだ」

あまりにもはっきりとした言葉に、ティアナの胸がドキドキと高鳴った。

「でも、贈《おく》っていただいたドレスが着られません」

「また新しいドレスを贈る」

「無駄遣《むだづか》いです」

「君を口説くために使う金なら惜しまない」

公爵の表情が和らぐ。他人から見れば、やはり無表情に見えたかもしれない。だが、ティアナには彼の表情の変化がよく分かった。

「……私を口説くとおっしゃいますけど、やっぱり帰らないと言ったらどうするんですか？」

恥ずかしさから思わず心にもないことを言ったが、公爵はそうとは気づかずに生真面目《きまじめ》に考え込んだ。

「……それなら、口説くために君の元に通う」

「汽車で何日もかかるのに？」

「何日もかけて通う」

公爵が片手で手綱を握り直した。そして、反対の手でティアナの腰をぎゅっと抱きしめる。

「君は君の決めたように生きればいい。いずれにしても、私たちの関係に上辺だけの呼び名は必要ない」

もしも愛し合うなら結婚して夫と妻になるものだとティアナは思い込んでいた。だが、そんな必要は初めからなかった。二人が互いに誠実に愛し合っていることさえ分かっていれば、どんな関係だっていいのだ。

「こうして君を口説き続ける人生も、悪くない」

ティアナは、溢れる涙を抑えられなかった。

「旦那様……」

「そう呼ばれるのは、あまり好きではない」

「では、公爵様？」

「それも」

「……レオンハルト様」

改めて呼ぶと、レオンハルトがティアナを抱く手に力をこめた。ティアナがその温《ぬく》もりに身を委《ゆだ》ねると、今度は両腕で抱きしめられる。

いつの間にか馬は足を止めていて、二人を乗せて黄昏《たそがれ》に染まる丘の上にいた。

ティアナはレオンハルトの顔をそっと仰《あお》ぎ見た。暖かい色をした空を背景に、美しい人がティアナを見つめている。そのアイスブルーの瞳の奥にほのかな熱を見つけて、ティアナの胸がきゅっと締め付けられた。

（嬉しい）

その瞳が自分を見つめているということが。ティアナの心が、身体が、喜びで満たされていく。

「ティアナ」

長い指が、ティアナの頬を優しく撫でる。それに応えるように、ティアナはゆっくりと瞼《まぶた》を閉じた。唇《くちびる》に温かいものが触れて、ティアナの身体が歓喜に震える。

「愛している」

レオンハルトはティアナの唇を啄《ついば》みながら、何度も繰り返した。

二人はこれまでの遠回りした時間を埋《う》めるように唇を寄せ合った。そうやって少しの時間がたった頃、二人を諫《いさ》めたのは乗っていた馬だった。鼻を鳴らして、足踏みを始めたのだ。まるで『腹が減った』と言わんばかりの仕草に、二人は思わず笑い合った。

「帰ろう」

「はい」

再び馬を歩かせて、アデリナの家に向かう。しばらく進んでから、レオンハルトが口を開いた。先ほどまでとは打って変わって、気が重そうな声音だった。

「君に伝えなければならないことがある」

「はい」

きっと例の襲撃事件に関することだろうと、ティアナは見当がついていた。彼が三人を迎えに来たということは、調査が終わって事実が明らかになったからだ。約束通り、それを聞いてどうするのかをティアナが決めなければならない。

「まず、君の検査の結果は捏造だった」

予想もしなかった言葉に、ティアナは驚きを隠《かく》せなかった。まさか、そんなことは考えてもみなかったのだ。

「では、私は不妊ではないということですか？」

「少なくとも、事前の診断では」

実際に妊娠するまではっきりとは言えないが、少なくとも可能性がないとの診断は嘘《うそ》だったということだ。

「そう、ですか」

ティアナにとっては、嬉しい事実のはずだが、それほど心動かされることはなかった。レオンハルトと思いが通じ合った時の方が、よっぽど嬉しかったのだ。

(……だから、この話は後回しにしてくださったのね)

それに気づいて、ティアナはまた胸が温かくなるのを感じた。

不妊でなければ、婚姻は義務だ。『婚姻統制法』に従って決められた誰かの元に嫁ぐか、貴族同士で結婚しなければならない。彼の気持ちに応えることが、その選択肢の内の一つになってしまう。その気遣いが嬉しかった。

「ありがとうございます」

ティアナがレオンハルトの顔を見上げて微笑むと、彼は少し照れたようにそっぽを向いてしまった。

「私の気持ちを、大事にしてくださって」

「君が教えてくれたことだ」

レオンハルトはそっぽを向いたままこともなげに言い、ティアナはまた嬉しくて頬が緩《ゆる》んだ。

「捏造を指示したのは、ダニエル・ペルシュマンとその妻だ」

ティアナの方に視線を戻したレオンハルトが表情を引き締める。

「襲撃事件は、それを隠蔽《いんぺい》するために君を首都から遠ざけるのが目的だった」

これには驚かなかった。検査の結果が捏造されたとすれば、それで得をしたのはあの二人だけだからだ。

「それで、どうする？　約束通り、私がしたことは真実を明らかにすることまでだ。ここからは、君が決めてくれ」

　レオンハルトの手が、ぎゅっと手綱を強く握りしめた。本当は今すぐにでも告発して厳罰を与えたいのだろう。だが、これからどうするかはティアナが決める。そういう約束だ。

「このまま家庭教師を続けたいなら、検査の結果は捏造されたままにすればいい。アデリナに頼んで、ここで静かに暮らすのも悪くないだろう。もちろん、全てを明らかにして彼らの罪を問うこともできる」

　彼は、ティアナのためにいくつもの選択肢を準備してくれている。

「君の思うようにすればいい」

　ティアナは、これまでの出来事を思い浮かべた。

　ダニエルに婚約《こんやく》破棄《はき》を告げられたこと、きらびやかな場所で自分に向けられた無数の悪意、日々成長を続ける子どもたちの笑顔、一緒に働く仲間たちの優しい声、アデリナの決意に満ちた眼差《まなざ》し、レオンハルトの腕の温もり――。

　それら全てが、今のティアナを形作っている。一人じゃない。誰かと関わり合って、助け合って、そして愛し合って生きている。それが、今の自分だ。

「……私は、首都に帰ります」

　ティアナの言葉に、レオンハルトが小さく息を呑《の》んだ。

「それは、全てを明かすということか？」

「そうです」

「いいのか？」

「はい」

ティアナは真っ直ぐ前を見た。

「私は、胸を張って生きていきたいです」

曲がりくねったあぜ道の向こうに、村の家々の明かりが灯っている。その一つ一つに家族がいて、それぞれが悩み苦しみながらも生きているのだ。

「子どもたちに恥じない生き方をしたい」

レオンハルトがティアナの髪にそっと鼻先を埋めた。

「最高に、君らしい決断だ」


「よかったわね！」

夕日が沈む直前に戻ってきた二人を、笑顔のアデリナが迎えてくれた。彼らの間にどんなやりとりがあったのか、聞くまでもないということだろう。

ティアナは顔を真っ赤に染めながらも、頷いた。

その晩は、農場の広場で盛大なパーティーが開かれた。農場の労働者や近隣からも住民が集まってきて、大きな焚《た》き火《び》を囲んだ。誰かが楽器を持ち込んで、軽快な音楽を奏でると子どもたちが踊り出す。ティアナとレオンハルトも誘われるがまま踊った。舞踏会《ぶとうかい》のダンスのような決まった型があるわけではなく、ただ手をつないで音楽に合わせて身体を揺らすだけだが、そうしていると不思議な一体感が生まれた。

「楽しいですね」

「ああ、そうだな」

「私、ここに来られてよかったです」

「また来よう。子どもたちも、ここの暮らしを気に入っているようだし」

「そうですね」

ティアナは嬉しかった。レオンハルトが子どもたちのために、またここに来ようと言ってくれたことが。


「公爵様！　ティアナさん！」

ティアナとレオンハルトが寝室に入ろうとした時、二人はアデリナに呼び止められた。彼女はワインボトルを片手に、ブルーノに身体を支えられている。

「飲み過ぎじゃないのか？」

「いいのよ。今日は、気分がいいの！」

「そうか」

「ちょっと、話せない？　明日には帰るんでしょう？」

「分かった」

ティアナも頷いた。子どもたちは今夜は最後の思い出にと言ってアデリナの子どもたちと一緒に眠っているので、急いで寝室に入る必要がないからだ。

　四人はリビングに移動して腰を落ち着けた。

「私も同席していいのでしょうか？」

　ティアナがおずおずと尋ねると、レオンハルトが頷いた。

「君にとっても、大事な話だ。……例の件だろう？」

「そうよ」

　アデリナはワインボトルから直接ワインを一口飲んで、レオンハルトを睨みつけた。

（アデリナさん、目が据《す》わってる……）

　同じことを思ったのだろう、レオンハルトも若干腰が引けている。

「お返事、聞かせてちょうだい」

　アデリナがすごむ。その様子にレオンハルトは一つ溜息を吐いてから、ティアナの方を見た。

「君は、アデリナが『婚姻統制法撤廃運動』を先導していることを知っているか？」

「ご存じだったんですか？」

「ああ」

「私は、つい先日教えていただきました」

「そうか」

　ティアナが知っているということに、レオンハルトは驚かなかった。アデリナなら隠すようなことはしないと考えていたのだろう。

「そうは言っても、私は仲間から引き継いだだけ」

アデリナがまたワインを一口飲んだ。

「運動が興《おこ》ったのは、百年以上前よ」

それは初耳だった。新聞で取《と》り沙汰《ざた》されるようになったのはここ数年のことなので、てっきりこの数年で始まった運動だと思っていたのだ。世間的にも、そう認識されている。

「『婚姻統制法』に自由恋愛の条項が追加されたのも、そもそもは『婚姻統制法撤廃運動』に起因するのよ。ずっと前から、この国の在り方に疑問を持つ人はいたの」

アデリナが前のめりで話す間に、ブルーノが彼女の手からワインボトルを取り上げた。代わりに、彼女の前に紅茶のカップを置く。

「あれから七十年、『自由恋愛』の権利を行使した女性の方がより多くの子を産んでいることが証明されているわ」

アデリナは紅茶をグビグビと飲み干し、ガチャンと音を立ててカップを置いた。

「こんな法律は、そもそも必要ないのよ！」

隣に座るブルーノも頷いた。

「それに、『婚姻統制法』の下では不幸になる人があまりにも多すぎる」

思い当たることがあるだけに、ティアナも頷いた。

「ブルーノの前の奥さんは、『自由恋愛』のおかげで私と彼が結ばれたことを喜んでくれたわ。……だけど、それが本心だったのかは今でも分からない」

アデリナがちらりと子ども部屋の方を見た。この家の一番年上の子どもは、ブルーノと前の妻との間に生まれた子どもだ。同じ部屋にはアデリナとブルーノの間に生まれた子も、離れて暮らすジークハルトとアルノルトも一緒に眠っている。

「『自由恋愛』の権利は私を幸せにしてくれたわ。だけど、悲しみが全くなかったわけじゃない」

彼女の手記に滲んでいた涙の跡は、彼女だけの心の傷ではない。彼女のように涙を呑んで子どもと離れる決断をした女性が、他にもたくさんいる。権利を行使して自分で選んだことだからといって、全てを簡単に割り切れるはずがない。人間の感情は、そんなに単純なものではないのだ。

「『婚姻統制法』なんかなくて、最初からブルーノと結婚できていたらって、何度も考えてしまうの」

ティアナはその通りだと思った。そもそも『婚姻統制法』さえなければ、アデリナは最初から幸せになれた。だが、『婚姻統制法』がなければ、ジークハルトとアルノルトは生まれてこなかったかもしれない。

「今すぐにどうこうできるとは思ってないし、『婚姻統制法』をなくすことが絶対に正しいことだとは思ってない。この数百年で多くの国が消えていったけど、この国はきちんと国という形を維持《いじ》してこられた。誰も飢《う》えずに暮らせているわ。それは『婚姻統制法』のおかげだということは確かだと思う。でもね……。私は、子どもたちに選択肢を残してあげたいの」

「私も、そう思います」

言い切ったティアナに、アデリナが微笑んだ。

「ありがとう。あなたにそう言ってもらえて嬉しいわ。……特に貴族様は『婚姻統制法』の維持継続に熱心だから」

「貴族は、『婚姻統制法』には縛《しば》られないからですか？」

「それもあるけど、もし人口が減少したら、特権階級であることを維持できなくなるからね。それだけは避けたいのよ」

「『婚姻統制法』は、人口を維持するだけでなく貴族の特権を守るための法律でもあるんですね」

「その通りよ。それでも、私たちの考えに賛同してくれる？」

「はい」

今度も、ティアナははっきりと言った。

「ありがとう！　……公爵様、本当にいい人をみつけたわね」

ニヤリと笑ったアデリナに、レオンハルトがふいと視線を逸らした。その頬が、わずかに赤く染まっている。

「余計なお世話だ」

「旦那様？」

その様子にティアナが首を捻《ひね》ると、レオンハルトは一つ咳払《せきばら》いをした。そして、誤魔化《ごまか》すように言った。

「前々から、彼女に協力を要請《ようせい》されていたんだ」

「協力、ですか？」

「端的《たんてき》に言えば、資金援助だ」

アデリナが、姿勢を正す。

「返事は？」

「イエスだ」

レオンハルトの返事を聞いたアデリナとブルーノは、ぎゅっと拳を握りしめてから抱き合って喜びを顕《あらわ》にした。

「ありがとう！」

「ありがとうございます！」

二人の目には、涙さえ滲んでいた。

「これで運動を続けられるわ」

「正直、資金繰りに困っていたんですよ」

「天下のユーベルヴェーグ公爵が味方についたとなれば、百人力ね！」

そして、二人はレオンハルトと固い握手《あくしゅ》を交わした。

「礼ならティアナに」

「私、ですか？」

驚くティアナに、レオンハルトが微笑みかける。

「君が私を父親にしてくれた。だから決断できた」

「私は、ただ自分の仕事をしただけで……」

「君の仕事には、それ以上の価値があった」

どちらからともなく二人は手を握り、そして見つめ合った。

「子どもたちの未来を、よりよくしたい。それが父親としての役割だと気づくことができた。君のおかげだ」

「旦那様……」

その様子を見ていたアデリナがゴホンと咳払いをしたので、ティアナは慌ててその手を振り払った。

「イチャつくのはいいけど、明日は早朝に出発するんだから、ほどほどにね」

「アデリナさん！」

「ふふふ。可愛いわね、ティアナさん」

「そうだろう」

「そこであなたが胸を張るのはどうかと思うわよ、公爵様」

アデリナとブルーノが笑った。その向かいではレオンハルトが憮然《ぶぜん》としていて、ティアナも声を上げて笑ったのだった。

「……もう一つ、頼みがあるんだけど」

笑いを収めたアデリナが神妙な表情で言うので、ティアナも居《い》住《ず》まいを正した。

「頼みというか、これはティアナさんのためでもあると思うんだけど」

「はい」

「最低最悪の元婚約者とあの女狐《めぎつね》を、公衆の面前で完《かん》膚《ぷ》無《な》きまでに叩きのめしてもらいたいのよ」

『最低最悪の元婚約者とあの女狐』とは、つまりティアナの元婚約者であるダニエル・ペルシユマンとその妻のカタリーナのことだ。

「完膚無きまでに叩きのめす？」

「そうよ。あの二人は、『婚姻統制法』を利用してあなたを陥《おとしい》れた。その事実を、公《おおやけ》にしてもらいたいの。しかも、ドラマティックにね」

アデリナの意図はすぐに分かった。

「そもそも『婚姻統制法』の存在が悪いのだという印象を広げたい、ということですね？」

「そのとおりよ」

そして、アデリナが身を乗り出して言った。

「あの二人をコテンパンにしてやって！」

第六章　臆病者の愛

ティアナとレオンハルト、そして子どもたちは馬車を使ってひっそりと首都へ戻った。彼らが戻ったことをダニエルとカタリーナに知られるわけにはいかなかったからだ。モーリッツやペトラ、エルザたちも帰ってきていて、ロイツラー・ハウスはすぐに賑《にぎ》やかさを取り戻した。

それは喜ばしいことではあったが、心配の種でもあった。

「君が戻ってきたことは、すぐに彼らに知られるだろう」

レオンハルトが言ったのは、首都に戻ってきた翌日のことだった。子どもたちが寝静まってから、ティアナは彼の書斎《しょさい》に来ていた。これからのことを相談するためだ。

「そうですね。物の出入りが増えましたから、いずれは知られるでしょう」

使用人たちに箝口令《かんこうれい》を敷《し》いているとはいえ、人や物の出入りがある以上、完全に情報を遮断《しゃだん》することはできない。

「彼らを告発するなら、早い方がいい」

言いながらレオンハルトが取り出したのは、手紙の山だった。

「これは？」

「半分は招待状、半分は私の縁談についての手紙だ。招待状の中から、告発に使えそうな場を探そう」

レオンハルトは雑な手つきで一つずつ封《ふう》を開けて中身を確認しながら、招待状はテーブルに残し、縁談に関する手紙は暖炉《だんろ》に放り込んでいった。あまりにぞんざいな扱いをするものだからティアナが眉《まゆ》をひそめると、レオンハルトは不思議そうに首を傾《かし》げた。

「私には必要ないものだ」

「そうですけど、……旦那様に恋焦《こいこ》がれている令嬢《れいじょう》からの恋文もあるじゃないですか」

カタリーナが手を回して、親にそそのかされて書いた恋文だとしても、だ。その気持ちをないがしろにするようで、見ていて気持ちのよいものではない。

「……わかった」

レオンハルトが手紙を暖炉に放るのをやめたので、テーブルの上には二つの山が積み上がることになった。

二人で手紙の中身を確認しながら振り分ける作業を続けていると、レオンハルトが一つ溜息《ためいき》を吐《つ》いた。

「……ティアナ」

「はい、なんですか？」

手元で作業を続けながら答えたティアナに、レオンハルトはまた溜息を吐いた。

「私が受け取って嬉《うれ》しいのは、君からの手紙だけだ」

急に何を言い出すのかと、ティアナはパチクリと目を見開いた。その様子に、レオンハルトが少しばかり唇《くちびる》を尖《とが》らせる。

「他の女性からの手紙は、私にとっては一かけらの価値もないものだ」

まったく、子どものような人だと今度はティアナの方が溜息を吐いた。だが、悪い気分ではなかった。

「はい。分かっていますよ」

「本当か？」

「ええ、もちろん」

こともなげに言ったティアナに、レオンハルトはまだ不満そうだった。その様子が可愛らしくて、思わず笑みがこぼれてしまう。こんな風に、ささいなやりとりができる関係に戻れたことが嬉しかった。あの山小屋で過ごした夜、こんな時間はもう二度と戻らないと覚悟していたから。

「あ」

一枚の招待状を見つけて、ティアナは思わず声を上げた。

「どうした」

「パブリック・ボールのお誘《さそ》いですわ」

それはレオンハルトの学校時代の友人である、とある伯爵《はくしゃく》からの手紙だった。久しぶりに会いたいという手紙に、舞踏会《ぶとうかい》の入場チケットが添《そ》えられていた。チケットにはその伯爵の妻の名が、主催者《しゅさいしゃ》として記載《きさい》されている。パブリック・ボールは招待制のプライベートな舞踏会とは違い、チケットを購入すれば誰でも参加することができる。そのため、様々な派閥《はばつ》の人間が集まることになる。

「ああ、ちょうどよさそうだ。彼の家で開くパブリック・ボールなら、五百名は集まるだろう」

ティアナの手元を覗《のぞ》き込《こ》んだレオンハルトは一つ頷《うなず》いた。

「迷惑をかけることになるかもしれないが、彼なら問題ない。チャリティが目的のようだから、余分《よぶん》に寄付金《きふきん》を出せば何も文句は言わないだろう。ついでだから、あの二人が出席するように裏から手を回してもらえばいい」

淡々と言って、レオンハルトはさっそく返事を書き始めた。いよいよ、ダニエルとカタリーナを告発する場が決まった。そう思うと、ティアナの心臓は緊張《きんちょう》でドキドキと音を立てた。

（ちゃんとできるかしら……）

ティアナは無意識のうちに、深い溜息を吐いていた。

「不安か？」

レオンハルトはいつの間にか手紙を書く手を止めて、不安そうな表情を浮かべるティアナを見つめていた。

「そうですね。こんなことは、初めてですから」

公衆の面前で誰かを告発するなど、ほとんどの人は経験すらしないだろう。もちろん、ティアナにとっても初めてのことで、不安でいっぱいだ。

「深く考える必要はない。誰もが聞いている中で、真実を語るだけだ」

彼女の不安そうに揺《ゆ》れる目元を、レオンハルトの長い指がそっと撫《な》でる。

「私がついている。大丈夫だ」

途端《とたん》、ティアナの表情がパッと色づいた。大丈夫、その一言が、彼女の不安をかき消したのだ。その、いつも通りの淡々とした声音を、ティアナはむしろ心強いと思った。いつも通り無表情だけど優しいこの人が隣《となり》にいてくれれば、なんだってできる気がした。

二週間後、いよいよ舞踏会の日がやってきた。

ティアナと公爵の支度のために使用人が駆《か》け回《まわ》る中、大急ぎで仕上げたドレスを抱えたアルマが、午後遅くになって大慌《おおあわ》てで到着した。

「遅くなって申し訳ありません！」

叫《さけ》びながら玄関ホールを抜けて階段を駆け上がり、アルマはティアナの部屋に飛び込んだ。そこには、既《すで》に髪を巻いて化粧《けしょう》を済ませたティアナが待っていた。

「間に合いましたか⁉」

アルマがティアナの顔と時計を交互《こうご》に見る。彼女の目の下にはくっきりとしたクマがあって、眠らずにドレスを仕上げてくれたのだと分かった。

「大丈夫。まだ間に合います！」

「よかったぁ！」

ジークハルトとアルノルトが手を取り合ってぴょんぴょんと飛《と》び跳《は》ねて喜んだ。この日のために誂《しつら》えた新しいドレスが間に合わないかもしれないと、ひやひやしながら待っていたのだ。

「はあ、間に合った……」

ドレスを抱えたままへなへなと座り込んでしまったアルマに代わり、二人のメイドがティアナにドレスを着せていく。そうこうしている間に、レオンハルトもティアナの部屋にやってきた。アルマの後から到着した『メゾン・アルマ』の従業員から自分の服を受け取り、着替えていく。正装とはいっても男性の着替えは簡単なもので、ティアナよりも早く着替え終わった。そのまま、衝立《ついたて》の外でティアナの着替えが終わるのを待つ。

「できましたよ」

ややあって、ペトラが満面の笑みで衝立の中から出てきた。そして、エルザがそっと衝立をどかしていく。

ティアナの姿が見えた途端、その場にいた誰もが息を呑んだ。普段はうるさいほどにティアナを褒《ほ》める子どもたちも、今回ばかりはポカンと口を開いて彼女を見つめることしかできない。

今日のために誂えたのは、アイスブルーの美しいドレスだった。川の水のように流れるスカートの後ろには、長い引《ひ》き裾《すそ》がついている。さらにドレス全体に銀糸の刺繍《ししゅう》が、胸元にはダイヤモンドをふんだんに使った装飾が施《ほどこ》されており、光を反射してキラキラと輝いている。華やかに巻いた髪は、ダイヤモンドとプラチナの髪飾りで結い上げられていた。

ティアナ自身も鏡に映る自分を見て、ほうと感嘆《かんたん》の息を漏《も》らした。

（なんて美しいドレス……）

彼女の隣にレオンハルトが立つ。彼が着ているのは深いブルーの天鵞絨《ビロード》の布地に銀糸の刺繍が施された上着だ。刺繍はもちろん、ティアナのドレスと同じ文様が描《えが》かれている。二人が並ぶと、ティアナのドレスの美しさがより際立った。

レオンハルトがアイスブルーの瞳《ひとみ》をそっと細めて、鏡越しにティアナを見つめた。その熱い視線に、ティアナの頬《ほお》が赤く色づく。

「……旦那様の、瞳の色ですね」

嬉しそうに言ったティアナに、彼もわずかに微笑《ほほえ》んだようだった。

「お美しい！　完璧《かんぺき》！　最高ですわ！」

二人の甘い雰囲気《ふんいき》などお構いなしに、アルマが手を打って喜びを顕《あらわ》にした。その目には涙さえ浮かんでいる。

「未来の公爵《こうしやく》夫人にふさわしい、最高の逸品《いっぴん》を縫《ぬ》い上げることができました！」

今回、アルマには『公爵夫人の正装用のドレスを。ただし、流行の先を行くデザインを』と注文した。彼女はその注文を忠実に守り、伝統的な形を守りながらも誰もがうらやむような流行最先端のドレスを縫い上げたのだ。

その最たる特徴は、長い引き裾だ。引き裾のついたドレスの着用が許されるのは、侯爵家《こうしやくけ》以上の貴婦人だけ。法律があるわけではないが、この国の古いしきたりとして今も引き継がれている。位が高くなればなるほど、長い引き裾を身に着けることになっている。ティアナが着ているドレスの引き裾は、公爵夫人が身につけるのにふさわしい長さだ。

「このドレスを見た時の、あの女の顔が見ものだな」

レオンハルトがわずかに口角を上げて言った。まだ彼と結婚していないはずのティアナがこんなドレスを着て舞踏会に現れたら、カタリーナは顔を真っ赤にして悔《くや》しがって、つっかかってくるに違いない。このドレスは、そのための餌《えさ》なのだ。

ふと、ティアナの顔が不安げに揺れた。この後に起こることを思うと、どうしても不安を拭《ぬぐ》いされない。そのわずかな変化を、レオンハルトは見逃さなかった。

「嫌なら、やめるか？」

「え？」

「今日のことは、君にとってもいい機会だとは思うが、負担でもあるだろう」

今夜、舞踏会の場でダニエルとカタリーナの犯した罪を明らかにする。それは、ティアナの名《めい》誉《よ》を回復することにもなるが、同時に彼女がことの矢面に立つということでもある。それを心配しているのだ。

「大丈夫です」

ティアナは迷いなく言い切った。

「もう決めましたから」

職業婦人として生きると決めた、あの悲痛な決心とは違う。

「私と子どもたちの未来を切り開くために、立ち向かうと」

ティアナが真《ま》っ直《す》ぐな瞳でレオンハルトを見つめ返す。しばらくそうやって見つめ合ってから、レオンハルトがティアナに手を差し出した。

「行こう」

「はい」

ティアナが手を重ねると、レオンハルトは優しく、だが力強く彼女の手を握《にぎ》った。

「がんばってね、ティアナ！」

「負けないで！」

「帰ってくるの、待ってるから！」

「いってらっしゃいませ！」

子どもたちと使用人たちの激励《げきれい》に見送られて、二人は会場である伯爵邸に向かった。


会場に到着すると、先に向かっていたモーリッツが待っていた。

「予定通りです。ペルシュマン夫妻は、既に入場しています」

その耳打ちに、レオンハルトが頷く。舞踏会は既に始まっており、扉の向こうからは華やかな音楽と笑い声が聞こえてくる。

ティアナは深呼吸を三回繰り返して、レオンハルトのエスコートで会場に足を踏み入れた。

「ユーベルヴェーグ公爵閣下《かっか》、ならびにシュミット伯爵家のティアナ嬢《じょう》！」

ウエイターが高らかに宣言すると、会場内がしんと静まり返った。

社交界では西部の田舎《いなか》に行ったまま戻ってこないティアナと子どもたちについて、様々な噂《うわさ》が飛び交っていた。中でも悪質なのは、『公爵様に言い寄ろうとして失敗して、田舎に追いやられた。公爵様は新しい妻を迎《むか》えるので、子どもたちも一緒に田舎にやったのだ』という噂だ。カタリーナたちが流したのだろう。

そんな噂のあるティアナをレオンハルトがエスコートすることなど、誰も予想していなかったのだ。そして、二人が会場の中心を目指して歩き出すと、今度はさざ波のようにざわめきが広がった。ティアナのドレスの、長い引き裾が目に入ったからだ。

「あのドレス」

「あんな長い引き裾を」

「ご結婚されたの？」

「まさか」

「だって、ティアナさんは……」

「どうやって取り入ったのかしら」

「伯爵家の令嬢ごときが」

「不妊のくせに……！」

口々に交わされる謂《いわ》れのない中傷に、ティアナの心臓がドクドクと音を立てた。そんなティアナの手を、レオンハルトがそっと握りしめる。

「なんとも無責任な言葉だな」

「……そうですね」

「大丈夫か？」

「はい」

「よし。君が傷つく必要は一つもない。じきに、彼らの方が恥をかくことになる。堂々と胸を張れ」

「はい」

ささやくように言葉を交わしながら、人波が広がっていく中を二人は真っ直ぐに進んだ。

「お待ちになって、公爵様！」

それを引き止めたのは、甲高《かんだか》い女性の声だった。

（釣《つ》れた……！）

カタリーナだ。その後ろから、慌てた様子のダニエルが駆けてくる。どうやら、彼の制止を振り切って出てきたらしい。

「……」

「私はダニエル・ペルシュマンの妻、カタリーナでございます」

無言のままのレオンハルトに、カタリーナは淑女《しゅくじょ》の手本のような優雅《ゆうが》な仕草でお辞儀をした。ティアナもお辞儀を返そうとしたが、レオンハルトが軽く手を引いて押しとどめる。

「以前にも言ったはずだ。発言を許可した覚えはない」

彼の威圧的《いあってき》な態度にカタリーナは一瞬だけ怯《ひる》んだ様子を見せたが、すぐにニコリと微笑んだ。

「いいえ。敢《あ》えて発言させていただきます。私たち貴族の、威厳《いげん》に関わることですもの」

そう言って、今度はティアナの方を見た。ネットリとした視線でティアナの頭の天辺《てっぺん》から足の先まで睨《ね》めつけていく。

「ティアナさん、そのドレスはどういうことですの？」

「どう、といいますと？」

「おとぼけにならないで！」

今度は、ピシャリと扇子《せんす》で掌《てのひら》を打った。

「伯爵家の令嬢ごときが、そのようなドレスで社交界に出てくるなど……。到底許されることではありませんわ。ねえ、皆さん」

カタリーナの問いかけに、会場からは控《ひか》えめな賛同の声が上がった。

「どうせ、あなたが公爵様にワガママをおっしゃったんでしょう？　分をわきまえるべきではなくて？」

会場内からクスクスと笑いが起こった。これには、レオンハルトが不快感を顕にした。

「分をわきまえる、か」

「そのとおりでございます、公爵様。私は、貴族として規範となるべき方の姿勢の問題を指摘《してき》しているのですわ」

「姿勢……？」

「ティアナさんは不妊とはいえ、由緒正しい伯爵家のご令嬢でいらっしゃいます。本来であれば、下位貴族のお手本となっていただくべき方ですわ。それなのに……」

　カタリーナが、ちらりとティアナの方を見た。

「そんなドレスを着るだなんて。図太いというか、厚かましいというか、貴族の面汚《つらよご》しと言っても言い過ぎではございませんわ」

　会場のあちこちから不穏《ふおん》な空気が立ち上った。カタリーナの言いようは、あまりにも失礼だ。だが、一方では事実でもあり、彼女の指摘は間違ってはいない。

「貴様……」

　レオンハルトがカタリーナに食ってかかろうとしたのを、今度はティアナがその腕《うで》をぎゅっと抱いて押し留《とど》めた。

「ティアナ」

「私がお話しします」

　事前の打ち合わせでは、レオンハルトが前面に出て彼らを糾弾《きゅうだん》することになっていた。だが、ここへ来てティアナはそうすべきではないと思ったのだ。

「これは、私の問題です」

　驚《おどろ》くレオンハルトをティアナが見つめた。レオンハルトは一つ頷いてから、ティアナの背にそっと触《ふ》れる。その掌の温《ぬく》もりに背を押されて、ティアナが一歩前に出た。カタリーナは予想外の反応に目を見張っている。

（堂々と、胸を張る……）

ティアナは、公爵に言われた通りにさっと胸を張った。顎《あご》を軽く引き、榛色《はしばみいろ》の瞳でカタリーナを真っ直ぐ見据《みす》える。そして、

「私には、恥じることなど何一つございません」

よく通る声で、堂々と言い切った。

彼女の正面で、カタリーナとダニエルが息を呑んだ。まさかティアナが反撃するとは思わなかったのだろう。

（今日も、泣いて引き下がると思ったんでしょうね）

ティアナは泣き虫だ。酷《ひど》い言葉を投げつけられれば傷つき、ポロポロと涙が溢《あふ》れるのを止められない。カタリーナに悪意を投げつけられたあの夜会でも、レオンハルトの助けがなければみっともなく泣いていたに違いない。

（でも、今の私は違う）

彼が着せてくれたドレスが、今のティアナの証明なのだ。

「先程、私のことを不妊とおっしゃいましたか？」

ティアナの問いかけに、カタリーナがニヤリと笑う。

「ええ、事実でしょう？　あなたは子どもを産めない、女性として役立たずの社会の底辺だわ！」

その診断は捏造《ねつぞう》だ。他でもないカタリーナとダニエルが指示をして嘘《うそ》の診断を書かせたのだから、彼女は事実を知っているはず。だが今の彼女の様子からは、ティアナは不妊であり社会

の底辺だと信じ込んでいるようにも見える。そうでなければならないと、彼女は思っているのだ。

（もう、尋常《じんじょう》ではないわね）

目を血走らせたカタリーナがティアナを睨《にら》みつけている。

「不妊の分際で公爵様に取り入って、そんなドレスを着て……！　恥を知りなさい！」

カタリーナのヒステリックな声にも、ティアナは怯まなかった。

「私が不妊だからといって、あなたに役立たず呼ばわりされる謂《いわ》れはございません」

「負け惜しみですか？　みっともない！」

「いいえ。あなたの望み通り、私は高位貴族としてあなたの品性のなさを指摘《してき》しているのです」

「なっ！」

今度はカタリーナの顔が真っ赤に染まった。

「ゆくゆく公爵夫人になる者として、敢えて申し上げますわ」

二人の結婚は、まだ正式に決まっていない。『未来の公爵夫人』とは完全な方便だが、今回はそれを利用しようと、あらかじめ決めてあった。

「子どもが産めない、その一点だけで女性を役立たず呼ばわりすることは、人として醜《みにく》い行為であると自覚しなければなりません」

「何を……」

「カタリーナさん、あなたが着ているのは『メゾン・アルマ』のドレスでしょう？」

彼女のドレスは真っ赤な布地に金の刺繍が施された豪奢《ごうしゃ》なドレス。その刺繍の特徴は、ティアナのドレスを手掛けたのと同じ、『メゾン・アルマ』のもので間違いない。

「ご存じの通り、デザイナーのアルマ女史も不妊の診断を受けて労働の義務を負う方です」

誰もが知っている周知の事実だ。カタリーナの顔が真っ赤に染まった。不妊の女性を糾弾しながら、同じく不妊の女性が縫ったドレスを着ている自分の愚《おろ》かさに、ようやく気づいたのだろう。

「そのドレスを着ておいて、彼女のことも役立たず呼ばわりなさいますの？」

カタリーナが言葉を詰まらせる。

「人にはそれぞれ役割があって、この国ではたまたま『婚姻統制法《こんいんとうせいほう》』によってそれを振り分けられているにすぎません。持って生まれた身体《からだ》は変えようがない。それでも役割を全うしようと、誰もが必死に生きているのです」

ティアナが会場を見回した。ティアナと目が合った貴族が次々と顔を伏せていく。彼らもまた、ティアナによって糾弾されている気分なのだろう。

「こんな時代でさえなければ、役立たずなどと呼ばれる人間は一人も存在しないのですよ」

会場のあちこちで拍手《はくしゅ》が起こった。同じように傷ついてきた女性が、傷ついた女性を見て心を痛めてきた人々がいるのだ。

「っ……！」

カタリーナの肩《かた》が震《ふる》えている。少し馬鹿《ばか》にすれば泣いて逃げ出すはずのティアナから思わぬ反撃を受けて、言葉を失っているのだ。

「あなたの言葉が、貴族の一人として……。いいえ、一人の人間としてふさわしい言葉だと私には思えません」

とうとう、カタリーナが顔を伏せて泣き出した。その肩をダニエルが支える。

「カタリーナ、もういいだろう？」

ダニエルが懸命《けんめい》に宥《なだ》めようとするが、カタリーナの勢いは止まらない。

「ひどいわ！　ティアナさん！」

（今度は涙で同情を誘《さそ》おうというの？）

まさに破れかぶれ、節操がないとはこのことだ。既に周囲の貴族たちが誰一人彼女の味方をするつもりがないことなど明らかなのに。

「ご自分が不幸だからって、こんな風に私を傷つけるだなんて！」

これには、さすがのティアナも失笑した。

「馬鹿になさらないで。私は不幸などではありません」

カタリーナがダニエルの腕を振り払った。

「うるさい！　うるさい！　あなたは不幸なのよ！　そうでなければならないの！　あなたのような、生まれた時から何もかも手にしている、幸運だけが取《と》り柄《え》の女が幸せになるだなんて！　そんなことが許されていいはずがないわ！」

叫ぶような声に、レオンハルトが一歩前に出た。

「それが本音か。実に、醜い」

氷のような声に、カタリーナとダニエルの身体がビクリと震えた。

「ティアナは確かに幸運だ。由緒《ゆいしょ》正しい家柄《いえがら》に生まれ、ご両親の愛情を一身に受けて育った。労働の義務を負う今も公爵家に勤めて、何不自由ない暮らしをしているように見えるだろうな」

レオンハルトが、そっとティアナの肩を抱いた。

「だが、彼女がその幸運に胡座《あぐら》をかいて何の努力もしない人間だったなら、このドレスを着ることはなかっただろう」

優しい瞳でティアナを見つめてから、レオンハルトは目の前の二人を睨みつけた。

「彼女にこそ相応《ふさわ》しいと思ったから、私が着せたドレスだ。貴様らごときにとやかく言われる筋合いはない。それと……」

公爵が手を上げると、数十人の兵士が会場の中に入ってきてカタリーナとダニエルを取り囲んだ。

「な、なんですの!?」

カタリーナが叫ぶが、それには構わず兵士たちは淡々と二人に縄《なわ》をかけていった。ダニエルは、既に諦《あきら》めの表情だ。

「君たちはティアナの検査を行った医師を買収し、嘘の診断を書かせた」

その言葉に会場からざわめきが起こった。

「まさか！」

「それじゃあ、ティアナさんは不妊ではないということ？」

「なんということを！」

彼女を不妊だと言って馬鹿にしていた貴婦人たちの顔が真っ青に染まる。

「また、三か月ほど前にティアナと私の子どもたちが襲撃《しゅうげき》される事件があった」

会場に、さらに大きなざわめきが広がる。

「実行犯はカタリーナ・ペルシュマンの指示でやったと供述《きょうじゅつ》している」

「そんな！　違います！」

真っ青な顔で首を横に振るカタリーナの隣で、ダニエルが絶句している。彼は、襲撃事件については関与していなかったらしい。

「診断の捏造を隠すために、ティアナに対して『首都に帰るな』と脅迫《きょうはく》した。その際に、私の子どもたちにも精神的な苦痛を与えた」

「私じゃありません！」

「診断の捏造のために買収した医師の証言、当時の書類と正しい検査結果、襲撃事件を指示した手紙。証拠は十分にある」

「ちがいます！」

「黙《だま》れ」

レオンハルトの鋭《するど》い声に、会場が静寂《せいじゃく》に包まれた。

「国を守るためにやむなく制定された『婚姻統制法』を利用して、一人の女性を不当に陥《おとしい》れた。さらに嘘を守るために、あろうことか公爵家の家族に手を出したのだ。……覚悟《かくご》はできているだろうな」

静寂の中、カタリーナのうめき声だけが響《ひび》いた。

「君たちが騒ぎ立てたりしなければ、こんな場所で断罪することもなかった。全て、自業自得だ」

吐き捨てるように言ったレオンハルトが軽く手を振ると、兵士たちが二人を引きずるように連行していった。

「いや！　はなして！　私じゃない！　悪いのはあの女よ！」

叫び続けるカタリーナの隣で、ダニエルが縋《すが》るようにティアナを見た。

カタリーナがティアナに罵《ののし》られる間も、二人が断罪される間も、何も言わなかったダニエル。彼はカタリーナを愛していたのだろう。だから、彼女に言われるがまま従った。その結果が、これだ。ティアナはすぐにダニエルから視線を逸《そ》らせた。

（今さら、そんな目で私を見ないで……）

兵士たちが去った後は何事もなかったかのように舞踏会が再開されたが、多くの貴族は気まずさからティアナと目を合わせることもできずにいた。

それでも、ティアナの勇気を称《たた》える貴婦人もいた。心優しい人たちだ。彼女らは、改めてティアナと友人になりたいと言ってくれたのだった。それでも、ティアナの気分は晴れなかった。

名誉を回復して、彼女を陥れた人物が断罪されたというのに。

「ティアナ、誰かが不幸でなければ自分の幸せを実感できないような人間のことなど、気遣う必要はない」

レオンハルトはそう言って慰《なぐさ》めてくれたが、それでもティアナの胸に残ったもやもやとした気持ちが消えることはなかった。


それから数日後、ティアナのもとに一通の手紙が届いた。差出人は留置《りゅうち》所《じょ》にいるダニエル・ペルシュマン。開封済みの手紙をティアナに差し出すレオンハルトの表情が険しい。

「悪いが、先に読ませてもらった」

「いいえ、ありがとうございます」

彼が先に読んだ上で持ってきてくれたということは、彼女を傷つけるような言葉は書かれていなかったということだ。むしろ感謝すべきだ。

レオンハルトはティアナの向かいに一度腰掛《こしか》けてから、すぐに立ち上がった。

「旦那様？」

「一人で読みたいだろう」

「いいえ。そこに居ていただけますか？」

ティアナに懇願《こんがん》されて、レオンハルトはすぐに座り直した。所在なさ気な様子の彼に、ティアナが紅茶をいれる。

暖かな日差しが差し込む温室の中、ティアナとレオンハルトの二人きり。彼らが二人でいるときには、使用人たちは席を外すのが暗黙の了解になっているし、子どもたちは畑仕事を手伝うと言って、庭師と一緒に出掛けて行った。執事《しつじ》もフットマンもついているのでティアナは必要ないと言われて、仕方なく温室で休憩《きゅうけい》することにしたのだ。

「……」

「……」

二人の間に沈黙《ちんもく》が落ちる。

あの舞踏会以降、レオンハルトはティアナとの間に微妙《びみょう》な距離を置くようになっていた。

（何か、気に障《さわ》るようなことをしたかしら？）

それを本人に問いただす勇気を持てずに、今日まできてしまった。ティアナは、てっきり事が終われば結婚の話が持ち上がると思っていたのだ。その時には今度こそ、彼の気持ちを受け入れようと決めていた。

（もしかしたら、気が変わったのかも。でも、旦那様に限ってそんなことはないだろうし……）

愛していると言ってくれた、その気持ちは嘘ではなかった。それだけは確信していたティアナだったが、何か事情が変わったのかもしれないと不安を募《つの》らせていた。

彼女は不妊ではなかったということを公《おおやけ》にしたので、本来であればすぐにでも『婚姻統制法』に従って誰かと結婚しなければならないはずだが、その件で政府機関から連絡が入ることはなかった。レオンハルトが『気にするな』と言うので、そのまま家庭教師の仕事を続けている。彼が裏から手を回しているのだろうが、そうであれば今の状況と辻褄《つじつま》が合わない。

（何を考えていらっしゃるのかしら……？）

「読まないのか？」

考え込むティアナにレオンハルトが首を傾げた。

「あ、読みます」

彼のことばかりを考えていたのが気恥ずかしくて、ティアナは誤魔化《ごまか》すように慌てて手紙を広げた。


君に何を伝えるべきか、伝えるべきではないか、ずっと悩み続けている。このまま何も言わずに君の前から消えることが最良の選択であることも分かっている。それでも、君に伝えたいことがある。

あの日——婚約破棄《こんやくはき》を告げた日、君が泣いていることに気づいていながら、僕は君を置き去りにした。当時は『カタリーナを愛しているから君が犠牲《ぎせい》になることは仕方がないことだ』と、……自分に酔《よ》っていたんだ。今にして思えば、僕は君から逃げただけだった。

僕には君が眩《まぶ》しすぎた。

愛されて育ち、真実の愛を知る君は。

君の前にいると全てを見透《みす》かされているようで、自分の弱さや醜さを映す鏡のようで。

本当なら、その鏡に映った自分と向き合わなければいけなかった。僕が君に相応しい男になろうと努力さえできれば、それでよかったのに。……僕はそれをしなかった。それこそが、僕の弱さだ。

カタリーナは、そんな僕の弱さを慰めてくれた。同じ弱さを抱える者同士、傷をなめ合っていたと言ってもいい。

勝手な言い分だとは思うが、彼女もまた、この時代の中で傷ついた女性の一人だと思う。

これからも、僕は彼女のために生きるよ。

傷のなめ合いから始まった愛だけど、それでも僕は彼女を愛している。

君にしたことを謝罪させてほしい。心から申し訳ないと思っている。

だけど、君は僕らを許さなくていい。

ただ、幸せになってくれ。

さようなら。

ダニエル・ペルシュマン

手紙を読み終えて、ティアナはようやく晴れやかな気持ちになった。舞踏会の夜、あの縋るようなダニエルの視線だけが気がかりだった。あれは、許しを請《こ》うためのものではない。ティアナに別れを告げようとしていたのだ。

「これから、あの二人はどうなりますか？」

ぽつりと問いかけたティアナに、レオンハルトが眉を寄せた。

「カタリーナの実家は今回の事件以外にも様々な不正の証拠がある。爵位《しゃくい》を剥奪《はくだつ》、財産も全て没収されて、父親は身一つで東部の平民地区に追放される」

「ペルシュマン伯爵家は？」

「爵位は降格、領地の大半を没収、二人は残された領地に蟄居《ちっきょ》を命じられた」

貴族にとって、領地への蟄居は禁固刑と同じだ。彼らは二度と中央の社交界に戻ってくることはできないだろう。爵位の剥奪や追放を命じられなかったのは、罪人ではあっても二人が健康な若い夫婦であり、これから子どもを産む可能性があるからだ。あくまでも『婚姻統制法』によって子を産む夫婦を保護する、それがこの国の在り方だ。

「そうですか」

ティアナは、ふうと息を吐いた。

「蟄居という形ですけど、お二人はこれからも一緒にいられるのですね」

「……君は優しすぎる」

言われて、ティアナは苦笑いを浮かべた。そうかもしれないとは、自分でも思っているのだ。

「こんな自分の懺悔《ざんげ》のためだけの手紙を一方的に送りつけてきて、君の気持ちなどお構いなしだ」

レオンハルトは苛立《いらた》たしげに言って、紅茶を一気に飲み干した。さらに一つ息を吐いて、ティアナの顔を覗き込む。

「泣かないのか？」

思わぬ質問に、ティアナはきょとんとした。

「いくら泣き虫の私でも、理由もないのに泣いたりしませんよ」

「……さよならと、書いてあっただろう」

「え？」

また、ティアナは首を傾げた。

「愛していた男に、別れを告げられたから……」

アイスブルーの瞳だけが、不安げに揺れている。

「私が、ダニエル様を？」

「そうだ。舞踏会の夜から、浮かない顔をしていた。……彼のことを思っていたのではないのか？」

ティアナは、ようやく彼が勘違いをしていることに気づいた。

「確かに、切ない思いはあります。あの頃の私はダニエル様のことが大好きでしたから」

子どものおままごとのような愛情ではあったが、ティアナは確かに彼に恋をしていた。だが、今となっては幼い頃《ころ》の、ただの思い出でしかない。

「……そうか」

レオンハルトが顔を伏せた。この数日、思いが通じ合ったと思っていた相手の心変わりに不安を抱いていたのは彼の方だったのだ。だからティアナから距離《きょり》を置いていた。

（私がきちんとお伝えしなかったからだわ）

これまで一度も、自分の気持ちを口にしていなかったことに、ようやく気がついた。

ティアナはテーブル越しにレオンハルトの手にそっと触れた。

「今は違います。私は、旦那様……。レオンハルト様を、心からお慕《した》いしているので」

レオンハルトが目を見開き、次いで慌てて立ち上がった。

「ティアナ……！」

そのまま転がるようにしてティアナの前に跪《ひざまず》いた。きちんと背筋を伸ばして彼女の榛色の瞳を覗き込むように見つめ、彼女の左手にそっと触れる。そして、反対の手で懐《ふところ》から小さな箱を取り出した。赤い天鵞絨の、美しい箱だ。その中に何が入っているのかは、確かめなくても分かった。

（恋愛小説で見たことがあるわ）

かつて、全ての人に自由恋愛が許されていた時代。こうして男性が女性に求婚していたという。

（ずっと、そこに持っていたのね）

それなのに言い出せずにいたのだ。目の前に跪く愛に臆病《おくびょう》な男を、ティアナは心から愛《いと》しいと思った。

「ティアナ・シュミット嬢」

「はい」

レオンハルトが小さな箱を捧げるようにティアナに差し出した。そこには、透《す》き通《とお》るように輝くブルー・ダイヤモンドの指輪。

「愛しています。どうか、私と結婚して下さい」

ティアナの榛色の瞳から、ポロポロと涙の雫《しずく》がこぼれた。

「はい」

ほっと小さく息を吐いてから、レオンハルトがティアナの左手を取った。そして、薬指に指輪をはめる。サイズはぴったりだ。そうしている間も、ティアナの涙は止まらなかった。

「止まらないな」

優しく笑いながら、レオンハルトがティアナの涙を拭ってくれる。

「嬉しくて」

「……そうか。私も嬉しい」

レオンハルトが優しく頬を撫でるので、ティアナはそっと目を閉じた。瞼《まぶた》の向こうに陰《かげ》がかかる。

「あー！」

「ティアナが泣いてる！」

遠くから聞こえた声にティアナがパチリと目を開けば、そこには苦笑いの公爵がいて。

「……今夜からは、子どもたちだけで眠らせなければ」

小さな呟《つぶや》きに、ティアナは声を立てて笑ったのだった。

数か月後、二人の結婚式が行われた。

ロイツラー・ハウスの敷地内に建つ礼拝堂で式を執り行い、その後は庭園で披露《ひろう》パーティーが盛大に開かれた。ティアナのドレスとレオンハルトの礼服は、もちろんアルマが手掛けた。お互いの親族、友人、公爵家の使用人が招待され、西部からはアデリナと仲間たちも駆けつけてくれた。さらに、親族の子どもたちだけでなく使用人の子どもたちも招待されたので、公爵家自慢の庭園には子どもたちの笑顔と笑い声が溢れたのだった。

エピローグ

二年後、春。

優しい陽射しがカーテンの隙間《すきま》から差し込む。ティアナはその眩《まぶ》しさに、思わず身じろぎした。柔《やわ》らかいシーツの衣擦《きぬず》れが耳を撫《な》で、遠くから運ばれてくる紅茶の香りが鼻をくすぐる。

ゆっくりと瞼《まぶた》を開いて時計を確かめれば、ちょうど起床時間だった。

「……朝か」

隣《となり》で眠っていた愛《いと》しい夫が目を覚ます。といっても彼は寝起きが非常に悪いので、ベッドから起き上がるまでにまだ小一時間ほどかかる。

「おはようございます、あなた」

眠たそうにアイスブルーの瞳《ひとみ》を揺《ゆ》らす夫の頬《ほお》に唇《くちびる》を寄せてから、ティアナは脱ぎ散らかしたままになっていたネグリジェを頭からかぶった。リボンを結ぼうと背中に手を伸ばすと、それを遮《さえぎ》るように逞《たくま》しい腕《うで》が彼女の腰《こし》に巻き付いた。

「……おはよう」

「寝ぼけているんですか？」

ティアナがクスクスと笑うと、夫はさらに強く彼女を抱き込んで、その胸元に頬を寄せてしまった。こうなると、なかなか離してくれない。

「まだ、早い」

「いいえ。今日は支度《したく》がありますから、もう起きないと」

「支度……？」

まだ寝ぼけているらしい夫が掠《かす》れた声を漏《も》らした。

「今日から仕事ですから」

美しいプラチナブロンドの髪を優しく撫でてから、ティアナは夫の腕を振り切ってベッドから立ち上がった。結びそこなったリボンが揺れるのを、彼の視線が追いかける。ティアナはそれに構うことなく鏡台の前に立った。顔を洗い、昨日の内に準備しておいたウールのドレスに着替える。髪はきっちりと結い上げ、最後に踵《かかと》の低い靴を履《は》いた。

本来ならメイドに手伝ってもらうのだが、昨夜は彼女たちに子どもの添《そ》い寝《ね》を頼《たの》んでしまったので、自分で支度をしなければならない。

「……やはりメイドを増やそう」

自ら身支度をする公爵《こうしやく》夫人《ふじん》の姿を見て、ようやく身体《からだ》を起こした公爵が顔をしかめている。

だが、ティアナはそれも笑顔でかわした。

「必要ありませんよ。自分でできるんだから」

「だが……」

「でしたら、あなたが我慢《がまん》なさればいいのに」

夫が二人きりでベッドに入ることを望まなければ、ティアナは子どもの添い寝ができる。そうすれば、メイドは彼女の朝の支度を手伝うことができるのだ。

これには夫が憮然《ぶぜん》と黙《だま》り込《こ》んだ。何とも答えようがないらしい。その様子にティアナが笑みを深くする。出会った頃《ころ》には無表情な冷たい男だと思っていたのに、今では妻の言動にコロコロと表情を変える愛しい人を見ていると、ついからかいたくなってしまう。

「さあ、起きてください。私は今日からお仕事ですから。子どもたちのことは任せましたよ」


今日、ティアナは仕事に復帰する。

といってもジークハルトとアルノルトの家庭教師ではない。二人にはこの春からは数人の家庭教師がついて、公爵家の男子として必要な専門的な知識を学ぶことになっている。基本的な教養と読み書き、算術を教えるだけのティアナの役目は終わったのだ。だが、ティアナはどうしても仕事を続けたかった。

この仕事が好きだから。

子どもたちに自分の持つ知識と教養を伝え、彼らの健《すこ》やかな成長を見守る、家庭教師という仕事が。

そこで、公爵の伝手《つて》を頼って勤め先を探してもらった。そしてついに今日、その出勤初日を迎えたのだ。

ティアナと公爵が朝食を済ませて玄関ホールに出ると、すでに子どもたちが待っていた。七歳になったジークハルトとアルノルト、そして乳母車《うばぐるま》に寝かされているのは栗色《くりいろ》の髪と榛色《はしばみいろ》の瞳《ひとみ》を持つ、ティアナにそっくりな女の子だ。つかまり立ちを覚えたばかりの赤ん坊を慣れた手つきで抱き上げると、愛しい娘が赤く色づく頬を緩《ゆる》めて嬉《うれ》しそうに笑った。

「本当に行くの？」

「別にティアナじゃなくてもいいんじゃないの？」

双子はティアナが外に働きに出るのに、まだ渋っている。今日までにさんざん話し合ってきたというのに。

「そうね。この仕事は私でなくても務まるけど……」

ティアナは二人の顔をじっと覗《のぞ》き込《こ》んだ。

「私が働きたいんです。だから、行かせてくれますよね？」

与えられた義務ではなく、自分の意志で働くことを選んだ。結婚しても変わらない。自分の生き方は自分で決めるのだ。

「……はぁい」

「わかってるよ」

双子は唇を尖《とが》らせながらも頷《うなず》いた。その隣《となり》では双子と似たような表情で唇を尖らせる公爵がいて。それがおかしくて、ティアナはまたクスクスと笑った。

「時間だ」

公爵が憮然《ぶぜん》としながら両手を差し出したので、ティアナは笑いをこらえながら彼の手に娘を預けた。公爵は慣れた手つきで娘を抱き上げ、その顔を覗き込んだ。

「お母様は仕事だ。夕方まで私と留守番するんだ。いいな？」

「んあ？」

一歳にもなっていない娘はよく分からずに首を傾《かし》げてから、

「あ！」

嬉しそうに父親に笑いかけた。その表情に公爵が相好を崩す。同じように、ジークハルトもアルノルトもうっとりとした微笑《ほほえ》みを向けた。この三人の親子は、かわいい妹に夢中なのだ。

そして、そんな家族の姿に、ティアナは今日も胸がいっぱいになった。嬉し涙が滲《にじ》みそうになるのを堪《こら》えて、愛しい人たちに笑顔で手を振る。

「それでは、行ってまいります」

玄関の扉が開くと、薔薇《ばら》のアーチが春の日差しを受けて輝いていた。

「いってらっしゃい」

「気をつけて」

「早く帰って来てね！」

今日からまた、忙しい日々が始まる——。

人類は滅亡《めつぼう》の淵《ふち》に立たされている。

多くの国がそうだったように、いつかこの国もあの森に飲み込まれて消えてしまうだろう。

それでも、今を生きる私は。

自分の決めた生き方をしよう。

愛しい人たちと一緒に。

完

あとがき

はじめまして。鈴《すず》木《き》桜《さくら》と申します。

本作は『小説家になろう』に掲載《けいさい》していた作品を改題・改稿したものです。こうして書籍としてお届けできたことを、心から嬉《うれ》しく思います。

本作がデビュー作なもので、あとがきに何を書けばいいのかよく分かっていません。分からないなりに分かることは、世の中には『あとがきを読んでから購入を決める』という方が一定数いらっしゃるということです。なぜなら、私がそうだから……！

（作品の中身について語りすぎず、でも中身に興味を持っていただけるあとがきを……！）

と悩んでいたら、いつの間にか三日ほどたってしまいました。

なんということでしょう。

まずは、本作を執筆《しっぴつ》するに至《いた》った、きっかけみたいなものを語ってみようと思います。

本作を書く前に、同じ世界観の短編「堅物軍人の良縁～さっさと子作りを終えて離婚したいのに、毎晩記憶がトぶほど愛されるので困っています～」という短編を書かせていただきました。こちらは『小説家になろう』または『ムーンライトノベルズ』でお読みいただくことができます。この短編がなかなかの好評を得まして。ムーンライトノベルズ版は、２０２２eロマンスロイヤル大賞のコミック原作賞をいただきました。

とても嬉しかったです。あまりにも嬉しくて狭い家の中で小躍《こおど》りして、たんすの角で小指をぶつけたほどです。

そこで調子に乗って……というわけではなく、この世界観を思いついたときに『本当に書きたい』と思ったテーマを、しっかり書いてみようと思い立ったわけです。

では、そのテーマとは⁉

……それをあとがきで作者が語るのはナンセンスでしょう。

お読みいただいた皆様の心に、少しでも響くものがあればいいなぁと思っています。

さて、こうしたきっかけで『小説家になろう』に掲載した本作ですが、六万字程度の中編でした。ページ数としては、だいたい一五〇ページくらいでしょうか。

あとがき冒頭で『改稿』と軽く書いてはみましたが、『改稿』というか……。半分以上は書籍のために書下ろしさせていただきました！

これがもう、とても楽しかったんですよ！

ＷＥＢ掲載時には、いい感じの分量に収めるために泣く泣く削ったあのシーンやこのセリフを、たくさん書かせていただきました！　また、世界観の設定なんかも担当さんにご協力いただいて、私なりにさらに深掘《ふかぼ》りすることができました！

まだまだ稚拙《ちせつ》なところもあるかと思いますが、作者としては『書ききったぞ！』という気持ちです。

こういうわけですので、『小説家になろう』で本作をお読みいただいた方にもお楽しみいただける内容になっているのではないかと思います。


……あとがき、こんな感じで大丈夫でしょうか？

とても不安ですが、これ以上担当さんをお待たせすることはできません。

とにもかくにも、作者としては自信をもって『面白いです！』と言える作品になっています。

お楽しみいただけますと幸いです。


最後になりましたが、謝辞《しゃじ》を。

まず、『小説家になろう』掲載時にお読みいただいた読者の皆様、広いインターネットの海の中から私の作品を見つけて読んでくださり、本当にありがとうございました。皆様の後押しがあって、こうして本作を書籍として出版させていただくことができました。心から感謝しています。

イラストを担当してくださったＳｈａｂｏｎ先生。とっても素敵なイラストをありがとうございます。公爵《こうしゃく》様は私が想像したよりもイケメンだし、双子たちは私が想像したよりも可愛《かわい》くて……！　担当さんにラフを見せていただいたときには、思わず両手を合わせて拝んでしまいました。尊い……。本当に、ありがとうございます。

担当編集様、本作を完成まで導いてくださって、ありがとうございました。不慣れなことが多く、ご迷惑をおかけすることもあったと思いますが、本当に心強かったです。

そのほか、刊行に携《たずさ》わってくださった皆様、ありがとうございました。

そして、この本を手に取ってくださった読者様。ありがとうございます！

それでは。

また、いつかどこかでお会いできることを願って。

鈴木桜

●ファンレターの宛先
〒102-8177　東京都千代田区富士見 2-13-3　戦略書籍編集部

泣《な》き虫《むし》令《れい》嬢《じよう》の良《りよう》縁《えん》

婚《こん》約《やく》破《は》棄《き》されたので職《しよく》業《ぎよう》婦《ふ》人《じん》として生《い》きていくと決《き》めたのに公《こう》爵《しやく》様《さま》に溺《でき》愛《あい》されるので困《こま》っています

著／鈴《すず》木《き》 桜《さくら》

イラスト／Shabon

2023年10月31日　初刷発行

発行者　山下直久
発行　株式会社KADOKAWA
〒102-8177　東京都千代田区富士見2-13-3
(ナビダイヤル) 0570-002-301
デザイン　SAVA DESIGN
印刷・製本　TOPPAN株式会社

■お問い合わせ
https://www.kadokawa.co.jp/ (「お問い合わせ」へお進みください)
※内容によっては、お答えできない場合があります。
※サポートは日本国内のみとさせていただきます。
※Japanese text only

ISBN978-4-04-737698-4　C0093 Printed in Japan
定価はカバーに表示してあります。